Sou Louca por Você

Federica Bosco

Sou Louca por Você

Tradução
Karina Jannini

Copyright © 2008, Newton Compton editori s.r.l.

Título original: *Mi piaci da morire*

Capa: Carolina Vaz
Ilustração: Juliana Montenegro

Editoração: DFL

Texto revisado segundo o novo
Acordo Ortográfico da Língua Portuguesa

2010
Impresso no Brasil
Printed in Brazil

Cip-Brasil. Catalogação na fonte
Sindicato Nacional dos Editores de Livros, RJ

B753s	Bosco, Federica
	Sou louca por você/Federica Bosco; tradução Karina Jannini. — Rio de Janeiro: Bertrand Brasil, 2010.
	182p.
	Tradução de: Mi piaci da morire
	ISBN 978-85-286-1431-2
	1. Romance italiano. I. Jannini, Karina. II. Título.
10-1916	CDD – 853
	CDU – 821.131.3-3

Todos os direitos reservados pela:
EDITORA BERTRAND BRASIL LTDA.
Rua Argentina, 171 — 2º andar — São Cristóvão
20921-380 — Rio de Janeiro — RJ
Tel.: (0xx21) 2585-2070 — Fax: (0xx21) 2585-2087

Não é permitida a reprodução total ou parcial desta obra, por quaisquer meios, sem a prévia autorização por escrito da Editora.

Atendimento e venda direta ao leitor:
mdireto@record.com.br ou (21) 2585-2002

Este livro é dedicado a todos aqueles que têm um sonho (ou mais de um) e a todos aqueles que, quando souberam da publicação, me perguntaram: "Estão publicando pra valer ou é você que está pagando?"

UM

despertador toca, e me debato para sair da terceira fase do sono.

Abro os olhos: quarta-feira, trabalho, chuva, David. Nesta ordem.

Acho que não vou conseguir suportar outro dia assim.

Volto a fechar os olhos e me concentro: se eu me esforçar, talvez consiga trocar minha vida com a de Jennifer Lopez ou então com a do cara com quem ela assumiu um relacionamento só para que ele lhe tirasse o casaco nas festas.

Não dá certo. Sei lá por quê.

Levanto, me olho no espelho e entendo por que não tenho uma relação estável há séculos.

Ponho-me de perfil e encolho a barriga. Tento encolher também as coxas, mas não consigo.

Já estou cansada.

Desço para fazer o café.

— Bom dia, esplendor! — diz Mark às minhas costas.

Não cedo à provocação. Há um ano vivo com um homossexual e uma cantora de jazz que acha que é Billie Holiday só porque é negra, e juro que não é fácil administrar os dois.

Resmungo alguma coisa para fazê-lo entender que não é o momento, mas ele começa a falar, e fala, fala enquanto me desligo e sonho que não estou ali, naquela cozinha caindo aos pedaços, mas em um iate de 25 metros, enquanto bebo piña colada com George Clooney — será que é cedo demais para piña colada? —, e eis que, assim que ele se aproxima para me beijar, cambaleio de emoção e derrubo o café fervente na única blusa branca que tenho.

— Ah, nããão! E agora, o que vou fazer? — grito.

Mark ri como um histérico, e eu reprimo um instinto homicida.

— Você pode dizer que um bêbado vomitou em cima de você no metrô e que foi agredida por uma alcateia de lobos atraídos pelo fedor!

— Não é suficiente. Vão me dizer que, se tenho condições de caminhar, posso muito bem comprar uma blusa nova!

Diga-se de passagem, trabalho em uma famosa loja de tecidos e objetos de arte, de propriedade de duas irmãs que têm a idade de Nefertiti.

Exigem ser chamadas de Miss H e Miss V, mas secretamente as chamo de "tias" porque são a versão satânica das "queridas tias velhinhas" de *Arsênico e alfazema*.*

Odeio as duas, e as duas me odeiam, mas preciso desse emprego e elas não encontram ninguém mais que esteja disposto, como eu, a ser tratado como cachorro.

Sandra, a cantora, chega, anunciada pelo som de um sininho que sempre traz amarrado ao tornozelo. Diz que serve

---

* Peça do norte-americano Joseph Kesselring, na qual duas velhas irmãs envenenam seus inquilinos solitários. (N. T.)

para afastar as energias negativas, mas a mim faz lembrar muito os *monatti* dos *Promessi Sposi*...*

— Quer café? — pergunto-lhe. — Se eu torcer a blusa, deve dar pelo menos um litro.

— Não, obrigada, prefiro o meu orgânico, e não joguem fora de novo a borra porque esta noite será de lua cheia!

Perguntei de propósito. Entendem agora por que ela não é fácil?

Quando decidi dividir um apartamento, imaginava que seria como um episódio de *Friends*. Me chamo Monica e isso me parecia auspicioso, só que há alguns dias tem sido um verdadeiro pesadelo: quando você quer ficar sozinha e os outros trazem convidados para casa; quando percebe que seus biscoitos de chocolate acabaram e não foi ninguém que comeu; ou quando você se dá conta, tarde demais, de que quem terminou o papel higiênico não colocou outro rolo no lugar.

Mas também é verdade que, nos momentos mais difíceis, há sempre alguém disposto a ouvi-lo.

— Mark, sua mãe ligou ontem à noite e disse que se você não lhe devolver a echarpe da Prada vai denunciá-lo por furto! — diz Sandra.

— Mas ela não pode fazer isso!

— Claro que pode. Não se lembra da última vez em que ela lhe emprestou o carro? Mandou guinchá-lo na manhã seguinte, fazendo você acreditar que tinha sido roubado!

---

* Os *monatti* eram funcionários públicos que, em períodos de peste nos séculos XVI e XVII, transportavam doentes e cadáveres. Sua presença era anunciada pelo toque de sininhos presos à cintura ou aos tornozelos. Aparecem no romance *I promessi sposi*, de Alessandro Manzoni. (N. T.)

— E diziam que Joan Crawford era uma mãe má! — exclama Mark.

— Afinal de contas, você declarou a ela que era gay ao vivo, pela TV, durante o programa dela. Dê um pouco de tempo para ela digerir a história!

— Eu e a minha depressão vamos indo, até porque já sei que o dia vai ser péssimo... Estou me sentindo como o patinho feio! — digo, e é o que realmente penso.

Sandra me abraça e, por um instante, me sinto melhor.

É tão fofa e maternal que logo me faz reconquistar a confiança. Tem cheiro de mar, de lugares distantes e de uma horrível mistura de patchuli e óleo de coco que sempre passa na pele.

Sandra nasceu em uma pequena ilha do Caribe, onde permaneceu até os 12 anos, quando sua mãe conheceu Peter, um oficial da Marinha Real Britânica.

Peter e sua mãe se casaram em um daqueles ritos nos quais todos cantam Gospel e gritam aleluia, como se veem nos filmes.

Ele a levou consigo para Londres, e por algum tempo foram realmente felizes.

Até que um dia um câncer o levou embora.

Quando Sandra canta, diz sempre que Peter se senta a seu lado e segura sua mão.

Acredito um pouco nisso.

Saio de casa e está chovendo.

Me sinto triste e tenho a sensação de girar no vazio, como um parafuso espanado.

Achava que quem morasse em Nova York estivesse isento desse tipo de sensação.

Vim para cá porque, como todos aqueles que vêm para a América, tenho um sonho na gaveta e uma dose vergonhosa de inconsciência, mas imaginava que tudo seria bem diferente: teria um trabalho muito bem pago na televisão, uma porção de amigos fantásticos e um namorado maravilhoso.

Tenho a tendência fóbica a viver a vida como se fosse um filme; do contrário, nunca teria deixado a Itália, um namorado quase oficial, o financiamento de um imóvel e um trabalho estável aos 30 anos para recomeçar tudo do zero.

Quando penso no que abandonei, sinto uma descarga de adrenalina... depois, sou tomada pelo pânico!

Sempre volto a pensar na minha história com David e me pergunto onde posso ter errado, porque em algum lugar errei; do contrário, ele não teria me deixado assim.

Nos conhecemos em um jantar na casa dos meus amigos Judith e Sam. Assim que o vi, logo o imaginei brincando com nossos esplêndidos filhos no gramado da nossa casinha adaptada para hospedar duas famílias.

Era o homem dos meus sonhos, como sempre desejei: bonito, radiante, com ombros que suportariam o mundo, olhos verdes, cabelos castanhos bem curtos e uma deliciosa cicatriz no lábio superior. Era perfeito.

Era o que sua namorada também pensava.

David me intrigava a tal ponto que o fato de estar noivo há dez anos não me preocupava nem um pouco; parecia um detalhe.

Além do mais, estavam em crise. Sem dúvida, um sinal.

A malha que vestia com a escrita "U.S. A.R.M.Y." também devia ser uma mensagem cifrada: "(Pode) USAR-ME."

Eu realmente não sabia como me aproximar dele.

Olhava-o tão embasbacada que minha amiga Judith, sentada a meu lado, não parava de me chutar debaixo da mesa.

No entanto, parecia-me que, mesmo não sendo digna de um olhar, de certo modo ele estava tentando chamar minha atenção.

Terminado o jantar, enquanto sua noiva estava no banheiro, encorajada por três doses de gim tônica e meia garrafa de vinho branco, aproximei-me com indolência e lhe perguntei se algum dia poderia ligar para ele. E ele, talvez encorajado pela outra metade da garrafa de vinho branco, respondeu que sim.

Por pouco não desmaiei.

Foi assim o início do nosso sórdido caso, e depois de um mês de mensagens e telefonemas, finalmente me chamou para sair.

Quando chego a esse ponto da narrativa, minha mente fica bloqueada, porque é aí que eu queria ter costurado minha boca ou engessado o polegar direito — com o qual eu escrevia as mensagens —, mas infelizmente não fiz nada disso.

De fato, no início, eu não me importava com a clandestinidade. No fundo, tínhamos mesmo de nos conhecer, e nossa vida se passava principalmente em um cômodo — o quarto —, mas quando me dei conta de que, apesar das suas promessas, ele não a deixaria, fiz besteira.

Bombardeei-o com telefonemas, atormentei-o com cenas contínuas de ciúme, persegui-o com mensagens, enfim, fui uma autêntica pentelha!

Assim, uma noite, disse-me que não podíamos continuar daquele jeito.

E foi tudo.

Faz seis meses que essa história terminou. Finjo que não ligo, mas continuo esperando que ele volte.

Dez anos de *Beautiful* me ensinaram que tudo é possível.

Mark e Sandra, que dividem o apartamento comigo, continuam a marcar encontros às escuras para mim.

Uma noite me convenceram a sair com um homem "culto, elegante, refinado", mas só depois acrescentaram: "E um pouco maduro."

Só quando fui abrir a porta é que me dei conta do quanto era maduro... estava quase podre.

Depois fiquei sabendo que era o avô de Mark.

Naquela noite, mandei guinchar seu carro, fazendo-o acreditar que tinha sido sua mãe, que, de todo modo, teria muito bem sido capaz de fazer isso.

Agora só tenho de me vingar de Sandra. Talvez eu lhe diga que a Madonna está à sua procura.

Assim que entro na loja, sou agredida por um odor de colônia misturado com xixi de gato, que anuncia a presença das tias. Ambas, como sempre, estão brigando no depósito.

— Você está enganada, Victoria, o tio William foi o segundo casamento da tia Eleonor, depois que Julius se envolveu no caso dos cassinos clandestinos — diz Miss H.

— Não, Hetty, aquele não era Julius, e sim Sir Hector II, e a tia Eleonor se casou pela segunda vez com Raphael McPhee, o irlandês, enquanto o tio William se casou com a irmã mais nova da tia Eleonor, Bettina, que morreu de varíola — diz Miss V.

— Tenho certeza de que não. Se mamãe estivesse aqui, diria isso a você. Raphael se casou com Corinna, que deu à luz as gêmeas...

Este lugar, para dizer o mínimo, é fantasmagórico.

Vivem quase no escuro para não gastar dinheiro "inutilmente", e, apesar do inverno tão rigoroso, o aquecimento é quase zero.

Em certos dias tenho a sensação de que aparecerá de repente o conde Drácula querendo comprar tecido para fazer outra capa...

Parece que nos anos 40 as tias eram duas moças muito cortejadas pela upper class nova-iorquina, mas que a mãe sempre se recusara a dar a mão de ambas a alguém que fosse pouco menos do que um nobre da família real inglesa.

Assim, todos os bons partidos, um após o outro... partiram, e a Miss V e Miss H só restou ocuparem-se da lunática mãe, que não as deixou até a idade de 97 anos, quando já era tarde demais para que refizessem sua vida.

Isso amargaria qualquer um. Por isso, agora, tratam todos com um misto de arrogância e desprezo que são letais para quem trabalha com elas.

Em compensação, tratam muito bem os cães.

E Stella.

Outro dia, deram meu almoço a um vira-lata na minha bela tigela de micro-ondas.

Quando volto a pensar nisso, fico com vontade de chorar.

Tão logo me veem, leio em seus olhos a satisfação de quem sabe que sempre terá algo a dizer: o mesmo olhar do gato que está para comer o rato.

Me digam se isso é vida.

Minha única satisfação é pensar que, no dia em que ficar famosa, voltarei para a Itália e falarei delas no programa de TV *Maurizio Costanzo Show*... se ainda existir.

* * *

— Por que uma blusa que não é do uniforme? — pergunta Miss V.

— Isso mesmo, por quê? — repete Miss H.

— Não voltou para casa para dormir? — insinua Stella, minha colega de cabelo louro-morango, favorita das tias e que eu secretamente apelidei de "Stalla", estábulo em italiano, brincando com o fato de que elas não entendem patavina da minha língua.

— Não, é que... — Não consigo terminar a frase e fico cega por um feixe de luz, como talvez só deva ter ficado Madalena ao ver Jesus Cristo.

Vejo-o entrar.

Ele.

David.

Deixo cair vinte metros de um preciosíssimo shantung de seda.

Era melhor eu ter ficado na cama.

Está puto da vida.

— O que você está fazendo aqui? — grita para mim enquanto as bruxas de Eastwick se deleitam com a cena atrás do caldeirão fumegante.

— Bom, eu... trabalho aqui... né...? — digo tão baixo que nem eu mesma me ouço.

Talvez não tenha me visto.

— Que história é essa? Você me escreveu que estava morrendo no hospital, que foi atropelada por uma carreta, que estavam amputando a sua perna e que talvez não passasse desta noite! Venho aqui para saber onde estava internada e a encontro trabalhando, em esplêndida forma?

Disse que sou esplêndida!

Aconteceu de novo: quando bebo demais, escrevo mensagens patéticas no celular; depois, no dia seguinte, me arrependo.

Os barmen deveriam sequestrar o celular dos clientes até estes voltarem a ficar sóbrios.

— Podemos sair um momentinho? Vocês vão descontar do meu salário mesmo — digo, dirigindo-me às tias.

— Claro! — respondem em coro.

Saímos, e vejo que David está mesmo bravo, range o maxilar como faz Tom Cruise antes de bater em alguém, e eu me sinto realmente uma cretina.

— Então, não vai me explicar? — pergunta.

— Vou, acho... que exagerei... realmente, mas era o único jeito de poder te ver de novo. Você nunca responde às minhas mensagens!

— Cristo, Monica, já não sei mais como fazer para colocar na sua cabeça que nossa história acabou faz tempo, entende? A-CA-BOU! Você precisa se conformar! Vou me casar com a minha namorada daqui a alguns meses e, pode acreditar, sinto muito que tenha terminado assim, mas não posso fazer nada, não deu certo. Por favor, não me obrigue a apagar seu telefone, e pare de me atormentar. Você é uma moça extraordinária, certamente vai encontrar o homem certo.

Me dá um beijinho na bochecha e vai embora.

Disse que sou extraordinária!

Depois de dois minutos, me dou conta.

Disse que vai se casar.

Merda!

E começo a chorar.

* * *

Não consigo voltar para a loja. Desta vez realmente exagerei.

Preciso mudar de vida de qualquer jeito. Amanhã vou me inscrever em uma terapia de grupo para mulheres que amam demais ou em uma seita com missão suicida.

Sou patológica. Se me pagassem um dólar por besteira que invento, seria multimilionária.

No fundo, tem coisa mais bonita do que o homem da sua vida à cabeceira do seu leito de morte, e você lhe dizendo, com um fio de voz: "Trate de ser feliz e encontre uma boa moça que o ame como eu o amei", com a certeza absoluta de que, sempre que ele encontrar outra mulher, não poderá deixar de pensar em você moribunda e se sentirá tão culpado ao pensar em trair sua memória que isso será pior do que mau-olhado?

Nós, mulheres, sabemos ser pérfidas quando necessário.

Foi o que vi em *Love Story*, *E o vento levou*, *Moulin Rouge* e no último episódio de *Lady Oscar*, embora ele morra quatro minutos depois.

Sinto a náusea causada pela vergonha e estou com o orgulho ferido, mas também decido enfrentar as tias: quanto mais cedo eu tocar o fundo, mais cedo voltarei à tona.

Entro e finjo ostensivamente que nada aconteceu. Falo do tempo, da poluição sonora e da torta de berinjela da minha avó: nenhuma resposta.

Se existe um curso de especialização para fazer um funcionário se sentir um verme, essas três deveriam ter o diploma *ad honorem*.

Stalla começa:

— Você não deveria misturar trabalho com vida privada.

Deve ter nos confundido com a doutora Cordey e Mark Green, do *Plantão Médico*, que brigam durante uma traqueostomia.

Miss V continua:

— Você devia se considerar sortuda por trabalhar em uma loja de prestígio, onde centenas de cidadãos americanos gostariam de ser contratados.

— Como vamos fazer para contratar centenas de cidadãos americanos, Victoria? — repete Miss H.

— Não vamos contratar centenas de americanos, Hetty, disse que muitos gostariam de ser contratados por nós.

— Quem? — pergunta Miss H.

— Sei lá, estou dizendo que muita gente gostaria de trabalhar aqui.

— Ah, é? Mas todos vão embora! — rebate Miss H, perplexa.

— Henrietta, por favor, não me interrompa quando eu estiver falando com os funcionários... onde eu tinha parado? Ah, sim, sabe o que vai lhe acontecer se perder este emprego? — continua Miss V.

— *Henrietta, por favor, não me interrompa!* — imita-a Miss H. — Se a mamãe estivesse aqui, queria ver se você ia falar assim comigo!

— Não me venha de novo com a história da mamãe, Henrietta. Lembre-se de que sou a mais velha.

— Nem penso nisso, sua solteirona prepotente!

— Solteirona? É tudo culpa sua se sou uma solteirona! Você apresentou a Grace Kelly para o príncipe Ranieri!

— Eu não teria feito isso se você não tivesse começado a flertar com William Waldorf Astor II, que estava me cortejando!

Tenho vontade de rir, mas não posso mover nem mesmo um músculo.

Agora só faltava uma ameaça, nem muito velada, para fechar com chave de ouro.

Esse trabalho foi "generosamente" encontrado para mim pela nova esposa do meu pai, uma moça quase menor de idade:

— Meu amor, se você soubesse como foi difícil encontrar trabalho para você em Nova York, com suas poucas referências!

Ela vende pele humana, e se antes eu suspeitava que me odiava, agora tenho certeza.

O pior que me pode acontecer se eu perder este emprego é me mandarem de volta para casa. Para a casa do meu pai e da Lavinia. Ficarei aqui custe o que custar.

Foi um dia pesado, se quisermos usar um eufemismo. Tenho pavor de voltar para casa e encontrar alguém mais triste do que eu, embora eu acredite que isso seja impossível.

Sou uma puta de uma egoísta, é verdade, e não tenho a exclusividade da dor do coração partido, mas meu limite de tolerância é muito baixo. Além do mais, dói pra caramba.

Eu só queria que minha vida deixasse de ser uma interminável cadeia de acontecimentos isolados: noitadas de bebedeiras; trabalhos temporários; casos de uma noite só, que logo me fazem embarcar na expectativa da grande mudança — aquela que faz você gritar: "Terra!"

Em vez disso, também desta vez nada aconteceu, e estou no ponto de partida.

Viva, mas cada vez mais machucada.

Enquanto tento pensar em alguma frase de filme que possa levantar meu moral, do tipo "afinal de contas, amanhã é outro dia"* e "lembra-te de que morrerás",** entro na sala e assisto a uma cena constrangedora.

---

* Frase proferida pela personagem Scarlett O'Hara no filme *E o vento levou.* (N. T.)
** Saudação dos monges trapistas, citada no filme *Non ci resta che piangere* [Só nos resta chorar], com Massimo Troisi e Roberto Benigni. (N. T.)

Mark está sentado de pernas cruzadas na frente da televisão e soluça assistindo ao *Rei Leão*.

Decididamente, está mais triste do que eu.

E agora, o que faço?

— Mark, o que aconteceu? — pergunto-lhe alarmada.

— Estou muito triste. Minha vida não tem nenhum sentido — geme abraçando uma almofada.

Me faz lembrar de alguém... ah, é mesmo: de mim!

— Passei o dia inteiro em agências de adoção, telefonei para orfanatos, preenchi pelo menos dois mil questionários, mas é impossível, não consigo adotar uma criança.

Olho ao redor esperando descobrir logo a câmera de filmagem, mas o rapaz está terrivelmente sério.

— Você quer adotar uma criança?!? — pergunto meio perplexa.

— Quero. Não tem coisa no mundo que me faria mais feliz!

Evito lembrá-lo de que disse a mesma coisa duas semanas antes a respeito de um par de sapatos Gucci...

— Mas não acha que é um compromisso sério demais para você? Comece adotando um gato!

— Não gosto de gatos, são uns oportunistas!

Deve ter começado a feira dos lugares-comuns. Agora vai me dizer alguma coisa do tipo "as meias-estações não existem mais" e "os negros têm o ritmo no sangue".

— Olha só, vou fazer para você uma comida italiana bem calórica, viramos uma garrafa de vinho tinto e, quando estivermos totalmente de porre, fazemos depilação com cera, topa?

Mas o que estou dizendo?

— Topo.

Ao pronunciar a palavra "cera", descubro um brilho de puro prazer em seus olhos.

Após duas garrafas de vinho tinto e um pouco de vodca que havia sobrado, adormecemos no tapete entre restos de molho carbonara, pontas de cigarro e pedaços de cera colados em toda parte.

Estou morrendo de frio e dor de cabeça, mas era necessário. Estou tão tonta que tenho quase a impressão de ser feliz.

Espero que essa sensação narcótica dure muito tempo.

Meu Deus, estou com um hálito que derrubaria um cavalo.

Cubro os restos de Mark com uma coberta e subo para o quarto de olhos fechados.

Com toda a bagunça que fizemos, não me lembro de ter ouvido Sandra voltar ontem à noite. Não que isso seja um problema, mas ela nunca dorme fora.

Bem devagar, me aproximo da sua porta e enfio a cabeça dentro do quarto.

Ela não está. Será que saiu para correr?

Mmm... do jeito que é avessa a ginástica... Mas o que mais se pode fazer em um domingo de fevereiro, às 5 da manhã, com esse frio, em Nova York?

Vou refletir a respeito daqui a seis horas. Enquanto isso, desmaio na cama.

Sonho que Mark está parindo fettuccine e que David me ameaça com o dedo para não ir ao seu casamento — talvez tenha mesmo feito isso.

Após duas horas, me levanto. Não estou tranquila, quero falar de Sandra para Mark.

Desço e o vejo dormir o sono dos justos. Preparo um Nescafé, levo para ele e o desperto.

Ele se ajeita para sentar-se. Olha para mim. Duvido que me reconheça, e me parece que já não há traços de memória relativos à paternidade frustrada.

— A Sandra não voltou para casa esta noite, não é estranho?

— Seria a primeira vez em quatro anos, se você não levar em conta aquela em que foi operada de apendicite. — Balbucia todo amassado pelo sono, pelos cigarros e pelo álcool.

— Você acha que é para ficarmos preocupados?

— Vamos esperar mais um pouco. Se não voltar, tentamos ligar para algumas amigas dela — sugere Mark.

— Está bem.

Ficamos ali, no sofá, esperando. Tentamos não transmitir um ao outro a preocupação recíproca folheando algumas revistas velhas.

Após duas horas, minha ansiedade está a mil.

Começamos a ligar para todos aqueles que conhecem Sandra: as amigas, o baterista, o guitarrista.

Nada.

Ninguém a viu. Entro em pânico.

Não gosto dessa sensação de desgraça iminente que paira no ar, e Mark está ainda mais perturbado do que eu, embora tente me distrair contando historinhas sujas.

O que vamos fazer se aconteceu alguma coisa?

Chamamos os caras do C.S.I., que conseguem encontrar qualquer um analisando o deslocamento do ar que a pessoa provocou ao desaparecer?

Enquanto consumimos nosso fígado, ouvimos o sininho de Sandra e a vemos entrar seguida por um sujeito rastafári, que nos cumprimenta com um aceno de cabeça.

Mark e eu parecemos os pais adotivos, apreensivos por causa da filhinha de 35 anos, e fingimos que nada aconteceu olhando para nossas unhas.

Que raiva! Mark tem as unhas muito mais bem cuidadas do que as minhas.

Sandra olha para nós um pouco surpresa, depois franze a testa, o que é um sinal de perigo, e desaparece em seu quarto com o Rasta-man.

Nos sentimos dois imbecis tamanho família e desatamos a rir cantando "We're jammin'" e fingindo que estamos fumando dois baseadões feitos com o jornal enrolado.

Enquanto estamos em pleno delírio, em uma guerra de almofadas, Sandra volta a aparecer, nos intimando:

— Cuidado com o que dizem, vocês dois, porque o Julius é um cara muito legal e que também conhece um monte de gente nos ambientes certos.

— Claro, se você estiver procurando crack barato.

Mas Sandra não consegue entender o quanto ficamos preocupados nas últimas horas, imaginando-a vítima de coquetéis de Rohypnol, feita em pedacinhos e jogada no rio... e nós aqui, suportando aqueles sabichões do C.S.I.!

Toda essa confusão me distraiu da minha obsessão por David, e agora que volto a pensar nele me vem a tristeza e me dá vontade de chorar.

Estou me sentindo tão cretina por ainda estar apaixonada por um cara que há meses nem se digna a olhar para mim e que, como se não bastasse, vai se casar...

Vim para a América com um objetivo totalmente diferente.

Estou escrevendo um romance intitulado *O jardim dos ex*, mas isso eu também podia fazer em casa.

Na realidade, a principal razão pela qual vim para cá e que não disse a ninguém é que quero ver onde mora J. D. Salinger. Meu mito.

Sei que vive em Cornish, em algum lugar ao norte, em New Hampshire.

Não espero nem mesmo vê-lo. Seria pedir demais. Para mim bastaria poder deixar-lhe um bilhete.

Ninguém como ele interpretou tão bem o caos mental, antes ainda que se tornasse moda; e eu, de caos mental, sei alguma coisa...

Meu romance, por sua vez, também poderia se tornar uma comédia brilhante.

Sim, eu sei que minha ambição beira os limites da patologia, mas e o que dizer de quem renuncia aos próprios sonhos?

Esse é meu sonho e, se não se realizar em Nova York, não vai se realizar nunca mais.

A história é a seguinte:

Caroline, uma francesa de meia-idade, fica viúva após uma vida ocupando-se do marido, dos filhos, da casa de campo e do grande jardim.

Depois que o funeral termina e os amigos e familiares vão embora, no silêncio da grande casa, ela começa a sentir-se muito sozinha e inútil.

Insinua-se dentro dela a dúvida, misturada à curiosidade, de saber como teria sido sua vida se, em vez de se casar com Hubert, tivesse se casado com Thierry, Jean Luc, Eric ou outro dos namorados que tivera na juventude e dos quais, a essa altura, já não tem notícias há um bom tempo.

Assim, após quarenta anos, decide procurar seus ex-namorados e pretendentes para saber se fez ou não a escolha certa.

Depois de uma vida passada no campo, com um velho telefone de duas linhas como único contato com o mundo, o choque com as novas tecnologias é catastrófico.

Os filhos lhe dão de presente um celular que ela não consegue nem ligar e acaba perdendo no campo.

Sempre que alguém lhe diz a frase "procure na Internet", seu rosto é acometido por uma espécie de erupção cutânea psicossomática, o que faz com que ela se sinta desmoralizada. Confiando na sorte, escreve oito cartas aos endereços que consegue descobrir na velha lista telefônica.

Em dois meses recebe notícias de quase todos.

Exceto Philip, que morreu de câncer anos antes, os outros estão todos vivos e não levam uma vida muito agradável.

Viúvos, divorciados, sozinhos ou deprimidos, todos sentem saudade do sorriso e da doçura de Caroline, que, mesmo diante da objeção de toda a família, decide convidar esses homens para passar "férias" de um mês exato em sua casa, férias essas que lhe servirão para entender se sua escolha foi certa ou não.

Só que, no final, eu não sabia se devia fazer com que ela envenenasse todos.

Naturalmente, David também se encontra entre eles.

DOIS

Toca o telefone. É Sam que me convida para passear de barco com eles.

Judith e Sam são o casal perfeito.

Praticamente me adotaram e sempre me levam com eles.

Ele se parece com Timothy Spall, no papel do irmão bonzinho em *Segredos e mentiras*; ela é irlandesa e lembra um pouco Tori Amos, porém mais bem vestida.

Muitas vezes os observo para entender seu segredo, mas parece que não fazem esforço algum.

Amam-se e basta.

Ou talvez se massacrem em particular.

Uma vez Judith me disse que, quando conheceu Sam, simplesmente se "reconheceram" e não se largaram mais.

Naturalmente, como todos os casais perfeitos, não podem ter filhos e, portanto, adotaram um labrador amarelo que chamam de Help, isto é, ajuda.

Assim, quando o cão escapa na praia e eles saem gritando "Help! Help!", fazem acorrer todo o elenco de *SOS Malibu*.

Eles morrem de rir; os outros, nem tanto.

Brincadeirinhas de namorados, é o que digo.

Sempre que vamos aos Hamptons é uma verdadeira alegria, especialmente agora que estamos fora de estação.

É como voltar no tempo, à América dos anos 50, e realmente se tem a impressão de estar em um filme antigo: quilômetros de praias intercaladas por casas em estilo colonial, com o vento despenteando os cabelos e aquele perfume que se sente só ali.

O perfume da liberdade.

Helen, a mãe de Judith, nos hospeda em sua casa.

É uma mulher excepcional. Do tipo voluntarioso e orgulhoso, à moda de Katherine Hepburn, cheia de achaques e que fuma como uma chaminé.

Vive ali desde que seu marido morreu, e diz ter renascido.

Nos damos muito bem e passamos horas sentadas no balanço, fumando e bebendo café enquanto ela me conta das celebridades que conheceu quando era jovem.

Afirma que Clark Gable lhe fez a corte.

Quando eu ficar velha, também quero viver assim, mas antes quero ganhar muito dinheiro.

Helen acha que não é possível uma "moça tão bonita não ter namorado", mas parece não se dar conta de que o fato de eu não ter namorado é o último dos meus problemas em ordem de prioridade; por assim dizer, é a ponta do iceberg.

É que às vezes, por acaso, minha vida está de pé.

Comigo acontece todo tipo de coisa: por exemplo, outro dia, um cara em uma loja, só para me impressionar e me mostrar o quanto estava em forma, abriu um espacate. Assim, de terno e gravata.

É claro que acabou rasgando as calças e ficou ali, travado. Que tristeza!

Sempre aparecem uns azarados no meu caminho.

Mesmo na Itália era assim: se houvesse algum cara meio estranho à solta, você podia ter certeza de que tentaria alguma coisa comigo.

Por isso, quando conheci David, pensei que meu carma tivesse diminuído de repente.

Mas, por sorte, a realidade é sempre a mesma, porque, se de repente mudasse, eu não saberia como enfrentá-la.

Pensei muito nisso.

No fundo, embora eu me lamente, estou bem assim, no limbo da adolescência, que me protege de me tornar adulta, e, inconscientemente, faço de tudo para estragar os potenciais casos sérios por medo de assumir responsabilidades em relação a alguém que não seja eu mesma.

No fundo, faz 31 anos que vivo comigo, e não é pouco... é uma relação séria!

Estamos fazendo churrasco aqui na praia.

É a coisa mais bonita do mundo. Faz um frio do cão, mas, gente, se existe um centro no mundo, esse centro deve ser aqui.

Estamos à beira-mar, bebendo cerveja e ouvindo Red Hot Chili Peppers e... ah, mas quem é aquele cara do lado de fora do portão?

Mmm, isso está me cheirando a conspiração!

O que esse gato que nunca vi antes está fazendo bem no meio da nossa festinha superparticular?

— Helen, quem é aquele cara que está falando com o Sam junto ao portão? — lanço.

— Não sei, querida, mas parece um belo rapaz. Se eu fosse você...

— Deixe para lá, me poupe dos detalhes. Você devia se envergonhar! — Rio.

— Na sua idade, eu tinha dezenas de pretendentes. Já lhe falei daquela vez em que o Clark Gable...

— Já, já me contou isso pelo menos umas seiscentas vezes, mas agora vamos falar de mim, por favor... Na remota hipótese de esse "gato" ter sido convidado para mim, e dada a tragédia que aconteceu da última vez que conheci alguém em um jantar na casa de vocês, tem algum conselho para me dar?

Pergunto-lhe isso com as mãos unidas.

— Bom, eu lhe diria para ser você mesma, mas com certeza você o deixaria escapar... Tente ser misteriosa... e fale pouco... e, sobretudo, não lhe fale do livro, a não ser que ele lhe diga que é um editor com alguns milhares de dólares para investir em você.

Às vezes ela é meio babaca, mas devo admitir que não está totalmente errada.

Quando conheço alguém que me interessa um pouco, faço-o desmaiar de tanto que falo, e já no segundo encontro não tenho mais o que dizer e me dou conta de que ele é muito chato.

— Monica, quero lhe apresentar Jeremy — diz Sam.

Apertamos as mãos e, como todos nos olham sorrindo como idiotas, pergunto-lhe se quer uma cerveja.

Visto de perto, não é o fim do mundo, mas não devo me deter sempre no aspecto físico, não é verdade?

Há tantos outros aspectos.

Tudo bem, não devo ficar sempre comparando o mundo inteiro a David. Talvez este seja o homem da minha vida, e só porque não tem os olhos verdes, o nariz perfeito, os dentes perfeitos e o maxilar do Tom Cruise...

Porém, na segunda-feira, preciso de todo jeito fazer um exame de vista.

Devo dizer que, ainda que não seja uma beleza, Jeremy é muito simpático.

Estamos aqui há duas horas, e estou me divertindo como nunca.

Gostamos do mesmo tipo de música, ele já esteve na Itália e não se surpreende se lá também chove.

Assistiu à versão integral de *Frankenstein Júnior*, aquela com os erros, e praticamente sabe de cor *Os Simpsons*.

Finalmente alguém que fala mais do que eu.

Quando chega a hora de ir embora, dou-lhe meu telefone. Caramba, estou mesmo com vontade de revê-lo.

Finalmente uma história baseada em outros valores, não apenas em sexo!

Tenho mesmo muita sorte. Desta vez vai ser diferente.

Esse fim de semana realmente me fez bem. Agora posso enfrentar a próxima semana com energia renovada.

Chega de ficar deprimida. A vida continua e é linda. Além do mais, agora que conheci Jeremy, sinto que tudo vai mudar.

Disse que não vê a hora de me apresentar aos seus pais e que gostaria de mudar para a minha casa.

Talvez esteja de fato correndo um pouco demais, mas acho que deve ser o efeito devastador do amor à primeira vista que diz ter sentido por mim.

Acabei de ligar o telefone, e já me mandou onze mensagens. Onze mensagens de amor!

Viva! Um homem que me ama e que não tem medo de dizê-lo a mim!

Ontem à noite, quando me acompanhou até minha casa, quis subir a todo custo, mas me pareceu um pouco cedo, e foi muito compreensivo, embora tenha acrescentado que não vê a hora de fazer amor comigo e que deveríamos ir logo fazer um teste de HIV.

Pelo visto, esses americanos são muito conscienciosos.

Pessoalmente, prefiro os namoros um pouco mais lentos, mas, como se diz, na terra do bom viver, faz como vires fazer...

Também tenho a impressão de estar mais magra esta manhã. Talvez seja o amor que me faz queimar calorias.

Desço cantarolando, e nem mesmo o enorme jamaicano com a cabeça dentro da geladeira consegue me deixar de mau humor.

Não digo nada, nem quando o vejo beber da caixinha meu suco de laranja, mas, quando arrota a plenos pulmões, agarro-o pelos cabelos e o arrasto para fora da cozinha.

Resultado: despertamos a casa inteira.

Nossa! Agora estou mesmo fora de mim.

Finalmente chega Sandra.

— Diga ao Bob Marley que isso aqui não é a República das Bananas, que ele não pode se comportar como bem entende e que se eu voltar a pegá-lo com as mãos na geladeira ou em qualquer outra coisa que não seja sua aqui dentro, pode acreditar, ele vai ter de se entender comigo!

— Você tem razão, de fato ele ainda precisa ser domesticado — diz Sandra.

Saio batendo a porta.

Sinto ter gritado daquele jeito, mas aquele troglodita realmente passou dos limites. Hoje à noite vou falar com ela, e esclareceremos essa história.

Na pressa, tropeço em alguma coisa pelas escadas e por pouco não caio.

São flores. Um ramalhete gigantesco de flores, e são para mim.

Por parte de Jeremy.

Estou sem palavras.

Toda mulher deste mundo gostaria de acordar e encontrar diante da própria porta um imenso ramalhete de flores esplêndidas.

Leio o bilhete, no qual se lê: "Amo você. Jeremy."

Uau! Deve ter passado aqui de madrugada.

É fantástico. O pequeno inconveniente do Rasta-man não influiu absolutamente no curso do meu dia perfeito, nem mesmo a maldade das três bruxas poderá alguma coisa contra mim. Eu sei, eu sinto.

Estou tão nas nuvens que por pouco não perco o ponto do ônibus.

É incrível como a vida pode mudar de modo tão rápido e inesperado. Até ontem eu estava triste e sozinha, e hoje tenho um homem que é louco por mim.

Chego mais cedo, coisa que não costuma acontecer e imediatamente faz os demônios do inferno suspeitar, com seu consequente e desagradável comentário. Mas, como eu disse, nada poderá fazer meu humor perfeito mudar no meu dia perfeito da minha atual vida perfeita.

— Por acaso, o fato de, estranhamente, a senhorita estar tão adiantada não tem a ver com esta carta? — pergunta Miss V.

Carta? Que carta?

— Tem carta para mim?

— Tem. O carteiro entregou há pouco, mas a senhorita deveria saber que os funcionários não estão autorizados a receber correspondência no local de trabalho. É contra o regulamento.

— Eu sei, mas não dei a ninguém este endereço e não estou esperando nenhuma carta.

Na realidade, fico sempre com medo de que, por algum extravio, o FBI venha me prender para me expulsar do país como no filme *Green Card*, sem me dar nem tempo de pegar a escova de dente, levando-me embora sob o estardalhaço de sirenes como uma perigosa delinquente.

Televisão demais!

— Bom, então, se não está esperando nenhuma carta, acho que podemos mandá-la de volta ao remetente!

Que ideia cretina!

— Ah, não, espere aí, se é uma carta para mim, tenho o direito de lê-la! — começo a me irritar.

— Então informe ao remetente que nunca mais deve acontecer um episódio como este.

Como estou adiantada, vou pegar um cappuccino no bar e aproveito para ler minha carta.

É de Jeremy.

Não sou do tipo de ficar angustiada por qualquer coisa, mas confesso que essa história está começando a me preocupar.

Estou me sentindo invadida; afinal de contas, me conheceu há apenas vinte horas e não pode ter todas essas coisas para me dizer.

Por um instante penso em não abri-la, mas estou curiosa demais e leio:

Querida Monica,

não consegui pregar os olhos esta noite pensando em você. Agradeço a Deus tê-la colocado no meu caminho. Faz uma vida que estou esperando por alguém como você. Dormi com a malha que estava usando ontem para poder sentir seu perfume e guardei alguns dos seus fios de cabelo, que ficaram presos no assento. Amo você mais do que minha própria vida e não posso imaginar um só dia sem te ver.

Por isso, peço que se case logo comigo, assim será minha para sempre. Dizer que te amo já não me basta. Deve haver alguma coisa ainda mais forte e, se não houver, a inventarei para você.

Passo para pegá-la mais tarde.

Seu eterno
Jeremy

Ai, meu Deus.
Esse cara é louco, e pelo visto também é perigoso.
Mas será que todos acabam sobrando para mim?
Será que tenho uma flecha na testa, visível apenas pelos psicopatas? O que faço agora?
E se ele aparecer na loja e fizer um escândalo? E se eu o rejeitar e ele me der uma facada?
Preciso ligar para a Judith, e depressa. Além do mais, está ficando tarde, se eu não voltar em menos de cinco minutos vai ser a maior confusão.

Ligo para a Judith, mas não consigo encontrá-la, então ligo para Helen e lhe explico em dois segundos o que aconteceu.

Por sorte, pelo menos ela dá prova de presença de espírito e entende a gravidade da situação.

Não faz gozação de mim nem uma única vez.

Me diz para não perder a calma, para agir como se nada tivesse acontecido e que, se ele aparecesse na loja, para ser gentil, a fim de não deixá-lo desconfiado.

Disse também que ligaria para Sam para pedir informações sobre esse cara.

Volto à loja, por sorte pontualmente, e Stella faz de tudo para que eu lhe conte quem me escreveu.

Peço a Deus que não tenham aberto a carta no vapor, pois eu não suportaria o peso de tamanha humilhação, e digo que foi meu pai, informando-me da morte do meu avô.

Sinto muito ter feito meu avô morrer de novo, mas espero que entenda a situação em que me encontro.

Durante toda a manhã me evitam e não sabem o quanto lhes sou grata por essa delicadeza inconsciente, mas, sempre que ouço a campainha da porta, tenho um sobressalto.

Até meia hora atrás, eu estava convencida de ter conhecido o homem da minha vida e, em vez disso, ele é a versão masculina de *Atração fatal*.

O celular vibra mais ou menos a cada dez minutos, para me avisar da entrada de uma nova mensagem que não tenho coragem de ler, mas, se não o fizer, temo que possa ficar nervoso, e não tenho comigo seringas anestésicas para ursos.

Vou para um canto e leio rapidamente os vários "amo você" e "estou pensando em você", depois leio uma mensagem em que ele diz que está "triste por não poder vir me buscar".

Esse é meu avô, que também lá em cima tem uns conhecidos.

Tudo bem, agora tenho algumas horas para agir com calma e pensar no que devo fazer.

Não tenho muito tempo para tingir os cabelos e me inscrever em um programa de proteção a vítimas, mas talvez eu possa decepcioná-lo irremediavelmente e fazer com que me deixe.

Entro em casa correndo. Fiz todo o percurso caminhando curvada, escondida atrás dos carros.

Por enquanto, caminho livre, mas de um minuto a outro poderia acontecer uma verdadeira tragédia.

Encontro mais ou menos a mesma situação da manhã.

Sandra está na cozinha preparando um doce e me diz que gostaria de conversar comigo, mas não tenho tempo para ouvi-la, estou com os minutos contados e preciso aprender pelo menos uma arte marcial.

Se ainda me sobrarem cinco minutos, também devo aprender a usar um canivete.

— Monica, ouça, quanto ao que ocorreu esta manhã... — começa Sandra.

— Sandra — interrompo-a —, você não pode imaginar o quanto eu gostaria de conversar com você agora, mas estou esperando a qualquer momento um perigoso psicopata que tem intenção de se casar comigo, e tenho a sensação de que não desistirá muito facilmente; portanto, se Maguila, o Gorila, ainda estiver na vizinhança, por favor, mande-o para cima desse cara! — digo de um só fôlego.

— Monica, você está perturbada, e essa cara pálida te deixa abatida. Mas o que aconteceu? — pergunta Mark.

Conto-lhes brevemente o ocorrido e começo a ler para eles umas vinte das 52 mensagens que recebi ao longo do dia, inclusive a carta.

— Mas esse cara é mesmo doente. Como pode frequentar a casa do Sam e da Judith? — indaga Sandra, enquanto mistura bananas e leite de coco.

— Não sei, é um colega do Sam, acho que nem eles o conhecem direito.

— Eu poderia fazer um vodu contra ele, mas não há tempo suficiente.

— Tem alguma coisa mais rápida?

Mark ainda não disse nada, mas o vejo refletindo e, logo depois, levanta-se e diz:

— Você tem duas soluções...

Olhamos para ele um pouco perplexas.

— Ou põe o perfume da Sandra, ou faz com que ele te veja assim que acorda de manhã. De um modo ou de outro, não vai vê-lo mais, e se não o quiser mesmo, fico com ele, estou solteiro no momento.

— Cuidado, queridinho, senão, esse vodu, faço contra você! — responde-lhe Sandra.

— Não faz o seu tipo, não se depila, não faz ginástica e tenho certeza de que tem menos de 150 pares de sapato!

— Meu Deus! Como vivem certas pessoas! Então não quero.

— E depois, não é verdade que sou feia de manhã, quando acor...

Nem termino a frase, e a campainha toca.

Socorro! Não tenho tempo de fazer nada e não pensei em nada que possa dissuadi-lo do seu ataque. Por sorte não estou sozinha. Os dois ficam na cozinha, em alerta.

Abro a porta e lá está ele me olhando. Caramba, realmente não gosto dele, e fico brava porque não é justo que as pessoas te levem no bico, fingindo clamorosamente que são alguém diferente.

Ele me abraça de modo meio violento e tenta me beijar, mas o afasto. Vejo que logo muda de expressão.

Está fedendo a álcool.

— Jeremy, desculpe, mas estamos correndo demais, nos conhecemos ontem... realmente é muito pouco tempo. Você não pode me bombardear de mensagens desse jeito...

— Recebeu as flores? E a carta?

— Recebi, recebi tudo... e é justamente isso o que estou tentando te explicar. Você não pode me pedir em casamento depois de um dia, é ridículo — sinto que não usei a palavra certa.

— Então você me acha ridículo?

Isso mesmo.

— Não, na verdade te acho... — cuidado, você está em um campo minado — te acho muito doce, mas preciso de tempo.

— Quanto tempo?

— Sei lá, como é que posso mensurar? É maneira de dizer, podem ser dias, meses... anos.

— Você tem nojo de mim, não tem?

Meu Deus, mas isso é um pesadelo!

Para dizer a verdade, sinto mesmo nojo dele porque está se comportando como um verdadeiro imbecil, e já não sei o que lhe dizer.

Joga-se a meus pés e começa a soluçar e a cobrir-me de insultos.

É a cena mais horripilante a que já assisti na vida. Não ouso imaginar o que teria acontecido se tivesse ido para a cama com ele.

Põe-se de pé, pega-me pelos ombros e me bate contra a parede, gritando:

— Você é minha, entendeu? E de mais ninguém!

Sinto que agora está para me machucar e não tenho como escapar, quando entrevejo duas mãos enormes que o agarram com tudo e o arremessam escada abaixo.

Julius, meu herói!

Vou deixar você beber meu suco direto da caixinha por toda a vida!

— Tudo bem? — pergunta-me.

— Sim, acho que sim — respondo, e pela primeira vez olho nos seus olhos e entendo que, embora seja um cara um pouco alternativo demais, é realmente boa pessoa.

— Odeio quem mete a mão em mulher. Uma vez chutei meu pai porque ele bateu na minha irmã.

— A... acredito — balbucio. — Seja como for, obrigada por ter intervindo e me desculpe se hoje de manhã puxei seu cabelo.

— Não tem importância. Aliás, gosto de mulheres corajosas. — Sorri.

Apertamos as mãos.

— Paz!

Durante toda essa troca de gentilezas, Jeremy permaneceu na base das escadas com as mãos na frente do nariz, que estava sangrando.

Chora e me amaldiçoa, enquanto Mark e Sandra ainda estão na janela da cozinha, deleitando-se com a cena da tribuna de honra.

Mark fica todo excitado ao ver sangue, saltita e cobre o rosto com as mãos, e vejo Sandra dar-lhe um tapa na nuca.

Volto para dentro e estou perturbada.

Sandra me abraça, e Mark me prepara um chá.

Ligo para o Sam e lhe conto o que aconteceu.

Fica sem palavras e está mortificado. Aconselha-me a prestar queixa, mas não tenho vontade, quero apenas esquecer.

No silêncio do meu quarto, penso em quanto é horrível ser atormentado pela pessoa que não se ama, e não posso deixar de pensar em quanto devo ter sido angustiante para David.

Ninguém tem o direito de perseguir outra pessoa em nome da própria obsessão.

Vai me servir de lição.

TRÊS

Esta manhã telefonei para a loja dizendo que estou muito abalada por causa do meu avô.

Disseram que entendem.

Na realidade, estou mesmo mal por causa de toda a história de ontem à noite e tenho medo de ter de enfrentá-la de novo. Queria voltar para casa, mas não posso me entregar desse jeito. Preciso me dedicar a escrever; do contrário, que sentido faz ter vindo até aqui?

Pego todo o material e me ponho a trabalhar.

A história começa com Caroline levando flores ao túmulo do marido Hubert.

Quando penso em Caroline, não posso deixar de pensar em Helen e em seus cabelos vermelhos e presos, em suas mãos tão magras e nos quarenta cigarros que fuma todos os dias, sentada no balanço, nos Hamptons.

Passo o dia no quarto, e de vez em quando Sandra, Julius ou Mark vêm me perguntar como estou e se tenho vontade de comer alguma coisa.

São realmente adoráveis. Se eu estivesse sozinha, não sei como essa história teria terminado.

Quando desço, vejo o pessoal estranhamente agitado e, tão logo me veem, param de falar.

Pergunto o que aconteceu, mas ninguém me responde. Finalmente, Sandra decide falar.

— O que vocês têm? — pergunto de modo meio brusco.

— É o Jeremy — responde. — Escreveu umas coisas no muro da casa.

— O quê?

— Palavrões, porcarias, mas já estamos indo comprar tinta para cobrir esse estrago.

Estou mesmo desmoralizada. Nem tenho vontade de saber o que está escrito, queria apenas nunca tê-lo conhecido.

Ainda não liguei o celular. Vou mudar o número hoje mesmo.

Ligo para minha mãe.

Quase nunca telefono para ela porque, do contrário, que conflito haveria?

Tento lhe contar algumas coisas, mas ela tem aquele jeito de me interromper a toda hora que logo me irrita, lembrando-me imediatamente do motivo pelo qual nunca ligo para ela.

Passo a noite inteira escrevendo e me sinto animadíssima, pois estou tão inspirada que terminarei em um piscar de olhos.

Caroline, sentada no túmulo, arruma as flores no vaso de plástico e observa a foto de Hubert.

Aproxima-se da imagem e começa a rir cada vez mais alto.

Ri tão alto que todos se voltam embaraçados e curiosos para ela.

— Sabe que você era mesmo feio? — diz-lhe rindo. — Você era o homem mais feio que eu podia escolher... nem foi um grande marido: chato, rabugento, pão-duro... e como comia. Gostava de mim, isso sim, a seu modo. Até o fim. Mas...

Que engraçado, nunca me trouxe flores, e agora sou eu que as trago para você.

Estou tão cansada. Estou com vontade de dançar, Hubert, de me vestir de branco e de dançar até cair. Rir e me sentir bonita e jovem de novo.

Não me queira mal; só quero me sentir viva ainda por algum tempo.

Antes de revê-lo.

Faz três dias que ando de cabeça baixa pela loja, tão baixa que quase se arrasta no chão, mas isso me permite sobreviver razoavelmente bem.

Estou me exercitando naquilo que costumo chamar de "cara de merda": sorriso largo e disponibilidade total. Enquanto as faço acreditar que estou domesticada, planejo vingança.

Isso porque não posso deixar impunes para sempre essas três cretinas. É estatístico.

Estou lustrando uma taça de vidro de Murano quando uma voz às minhas costas me pergunta, com acentuado sotaque inglês, se por acaso está à venda.

Viro-me e vejo um homem decididamente interessante, na casa dos 40, com um esplêndido sorriso e um olhar muito intenso. Pena que não seja muito alto.

Sorrio para ele e lhe digo que, de fato, está à venda, mas que minhas patroas pedem por ela o preço do Santo Graal.

Ri da minha piada — menos mal, porque me arrisquei um pouco — e me pede um conselho para um presente de casamento. Como se eu soubesse. Mas aqui na América não usam listas de casamento?

Torradeira, aparelho para fondue, cepo de facas? Dá a impressão de ser alguém que andou por uma porção de lojas na vã esperança de encontrar alguma coisa original, mas também vagamente útil.

Decido ajudá-lo e lhe mostro uma série de objetos em estilo art déco, algumas peças étnicas e, por fim, optamos por uma estatueta da fertilidade africana com ar um pouco inquietante. Tenho a impressão de que ele não simpatiza muito com os noivos.

Assim que as hienas se dão conta de que abandonei meu trabalho de gata borralheira para atender um cliente, soltam Stalla para me humilhar. Vejo-a chegar com passo decidido, marcado pelo som dos saltos do seu escarpim de mil dólares, apertada na blusa de seda de 1.200.

— Pode deixar que cuido disso. Volte à limpeza! — diz-me, e destaca a frase com um gesto da mão que só vi a rainha Elizabeth fazer, voltando-se aos empregados, em algum filme em preto e branco.

Estou para reagir, quando o cliente a fulmina e lhe diz:

— A ajuda desta senhorita é absolutamente preciosa para mim. Por que não vai atender o telefone? Não o está ouvindo tocar?

Para dizer o mínimo, Stella fica roxa.

Não pulo em seu pescoço porque não o conheço, mas meus olhos brilham de alegria.

Nunca ninguém me defendera delas antes.

— Como você aguenta trabalhar em um ambiente como este, você que é tão jovem e tão radiante?

— É uma longa história, eu ia deixá-lo entediado se contasse.

— Não conseguiria nem se quisesses, pode acreditar! A propósito, me chamo Edgar — e aperta minha mão.

— Meu nome é Monica.

— Gostaria de vê-la fora deste mausoléu.

— Não sei se é o caso. Ultimamente não tenho sido boa companhia.

— Entendo. Me desculpe se fui muito cara de pau, mas saiba que me ajudou muito e... me chame se precisar manter as tigresas a distância!

Rimos.

— Mais uma vez, obrigada por ter me defendido — digo-lhe em voz baixa.

— Imagine... É um dia ideal para os peixes-banana!

Pisca para mim e sai.

Não é possível.

Ele disse: "É um dia ideal para os peixes-banana."

Fico atônita.

Um dia ideal para os peixes-banana é meu conto preferido de J. D. Salinger.

É simplesmente uma loucura ele ter dito uma coisa dessas.

Saio para lhe dizer isso, mas já desapareceu.

Volatilizou-se.

Se eu não estivesse tão deprimida por causa da história do Jeremy, certamente teria aceitado beber alguma coisa com ele, mas estou me sentindo com o moral debaixo dos pés e tenho uma grande desconfiança em relação aos homens neste momento.

Só que agora estou com a sensação de ter perdido uma grande oportunidade.

Passo o resto do dia tentando não pensar nisso, mas não consigo.

Nada sei dele, a não ser que se chama Edgar, que deve ser inglês e que vai a um casamento.

Não devo pensar mais nisso. Por um tempo, não quero saber dos homens.

* * *

O muro de casa está cheio de riscas brancas cobrindo os insultos de Jeremy, o louco.

A vizinhança inteira deve estar se perguntando o que aconteceu. É como ter a letra escarlate costurada na roupa. Vai ser preciso chamar um pintor de verdade, porque os amigos, ainda que armados de boa vontade, fizeram uma porcaria.

Pelo menos não dá para ler nada.

Entro em casa, e Mark está todo excitado porque, ao que parece, chegou uma carta endereçada aos três da parte de Jeremy.

— Ficamos esperando você para abri-la — diz.

— Não é bem assim, você quis esperar, eu quis queimá-la de uma vez; não quero energia negativa na minha casa — queixa-se Sandra.

Por isso se sente um cheiro de incenso a dois quarteirões daqui.

— Tenha pena de mim, Mark, jogue-a fora, tive um dia pesado e não mereço outras conjecturas por parte desse demente.

— Tudo bem, então vou ler. "Caros amigos, blá-blá-blá, sinto muito pelo que fiz e disse... tenho um terrível problema com álcool que preciso enfrentar. Naquela noite, depois da crise, tentei pôr um fim nisso, e meus pais decidiram me internar em um centro de recuperação. Acho que é justo para mim e para todos aqueles que involuntariamente feri, incluídos vocês e, sobretudo, Monica, a quem quase fiz mal de verdade. Não quero mais ser assim, quero sair disso a todo custo. Agradeço a vocês não terem dado queixa e lhes prometo que ficarei bom." Caramba, corajoso ele! — observa Mark.

— Realmente deve ter chegado ao limite — nota Julius —, e deve estar bem mal.

— É mesmo, naquela noite fedia a um tonel de uísque. Por outro lado, que pena; quando está sóbrio é um rapaz realmente sensível e simpático — concluo.

— Gostaria de ajudá-lo — acrescenta Mark.

— Mas você nem o conhece! — contesta Sandra.

— Eu sei, mas sinto que preciso fazer algum trabalho voluntário, não tem coisa no mundo que me faria mais feliz!

Sei...

— Continuo disponível para aquele vodu, Monica! — exclama Sandra subindo as escadas com Julius.

— Desta vez vamos deixar para lá; pelo visto ele já fez o vodu sozinho.

Ligo para Judith e lhe conto as últimas peripécias da história de Jeremy.

Ela está mortificada. Não faz outra coisa a não ser pedir desculpas a cada três palavras, e o mesmo faz Sam.

Convidam-me novamente para ir à praia com eles no final de semana, com a solene promessa de não me apresentar absolutamente ninguém.

É também o aniversário de Helen, que completará setenta e três anos. Será uma comemoração divertida.

Vou lhe dar de presente uma cigarreira com suas iniciais.

Sempre se queixa das frases ameaçadoras que aparecem nos maços e diz que, se alguém quer morrer de câncer, tem todo o direito de fazê-lo. Seja como for, nunca irá processar a Philip Morris.

Quanto a esta noite, Sandra e Julius vão tocar em um bar no Village, e, embora eu não esteja muito a fim, vai me fazer bem sair um pouco. Agora que estou começando a conhecê-lo melhor, gosto muito do casal.

Como diz Salinger: "Lembre-se de se casar com um homem que ria das mesmas coisas das quais você ri!"

Ela canta e ele a acompanha com o violão acústico.

A luz verde é difusa, e Sandra está entoando *Time after Time* na versão de Cassandra Wilson, que é sua música preferida, e a dedica a mim e a Mark.

Assim que cessam os aplausos, dedica a canção seguinte a seu padrasto Peter, dizendo simplesmente: "Peter, esta é para você!", e ambos atacam de *Thinking of you*, de Lenny Kravitz.

De repente, sinto que as lágrimas rolam pela minha face.

Penso em mim rindo com meus amigos, em quando peguei o avião para Nova York, na primeira vez em que fiz amor com David, nele indo embora, em Jeremy me apertando contra a parede, e saio correndo do bar.

Talvez eu realmente tenha feito tudo errado. Sou uma maluca visionária, eternamente adolescente, que não percebe que não está indo a lugar algum, enquanto todos os outros, aos poucos, vão encontrando seu lugar no imenso quebra-cabeça da vida.

Está começando a chover. Enquanto vasculho a bolsa, procurando desesperadamente o isqueiro e sentindo a maquiagem borrar, ouço uma voz familiar me dizer: "Mesmo quando você acha que caiu no precipício, há sempre alguém pronto para pegá-la no ar."

Levanto a cabeça bruscamente.

É Edgar.

O mítico Edgar.

E eu pareço um panda!

* * *

Fico com vontade de rir e chorar. É uma situação absurda, mas estou tão feliz de ver esse homem!

— O que está fazendo aqui? — pergunto enquanto tento enxugar as lágrimas com o dorso da mão.

— Estou aqui com alguns amigos e a vi sair correndo. Não sabia se aquele à mesa era seu namorado, mas quando vi que ele não se movia, corri para ver como você estava!

— Aquele é Mark, divide o apartamento comigo e é gay, imagine!

— Ao que parece, sensibilidade não é seu forte.

— Não é questão de sensibilidade, é que estava todo concentrado em paquerar o barman e... posso lhe fazer uma pergunta, Edgar?

— Pois não.

— Como sabia que gosto de Salinger?

— Na verdade, não sabia, mas queria que gostasse. Para mim, é o melhor, e como gostei de você logo de cara, simplesmente torci para que compartilhasse essa paixão comigo.

— Não imagina que meu sonho é... — e me censuro. Decidi não me deixar mais levar pelo entusiasmo. Da última vez que fiz isso, paguei caro.

— Qual é seu sonho?

— Nada de especial, sabe? Sou uma tola por ficar contando minhas coisas a um desconhecido.

— Me dê a vez de julgar.

— Eu queria ir a Cornish e deixar a Salinger um bilhete que escrevi muito tempo atrás, quando decidi me tornar escritora.

— Você escreve?

— Escrevo. Na Itália cheguei a publicar alguma coisa, contos, poemas, e agora estou trabalhando em um romance.

E me vêm em mente as palavras de Helen: "Não o deixe morrer de tédio com a história do seu livro, a não ser que ele seja um editor com alguns milhares de dólares para investir em você."

Mas não quero absolutamente impressioná-lo.

— Desculpe, mas em que trabalha? — pergunto fungando.

— Tenho uma editora em Edimburgo.

— Ah!

É tudo o que consigo dizer... uma vogal!

E juro que ouvi o barulho da minha cara retesar de surpresa.

— Vou ficar em Nova York por uns dois meses e, se quiser me dar alguma coisa para ler, me sentirei honrado.

Honrado? É mesmo?

— Bom... claro... quer dizer... se eu lhe der meu telefone. Agora preciso entrar. Sabe, os meus amigos... os seus também... nossa, estou tão surpresa!

E volto a vasculhar a bolsa em busca do celular, ou de uma caneta, ou de um calmante, enquanto ele me olha rindo.

— Então, pronto, este é meu telefone, ligo para você, certo? Quer dizer, você me liga...

Santo Deus, como estou sem graça.

— Não vejo a hora. — Ele aperta minha mão, sorri e vai embora.

Tenho medo de comemorar, mas se até pouco tempo atrás eu estava em plena depressão, agora estou nas nuvens, embora eu deva ter cautela, pois nunca se sabe.

Vou me informar a respeito dele e depois encontrá-lo apenas fora de casa.

Chama-se Edgar Lockwood, e sua editora é a Lockwood & Cooper.

Vou pesquisar na Internet.

Não resisto e, ao chegar em casa, ponho-me logo a buscar informações sobre a Lockwood & Cooper, que, ao que parece, também está cotada na bolsa.

Publicaram uma boa quantidade de escritores ingleses, e sem dúvida me parece coisa séria.

Pelo que vejo, meu misterioso amigo Edgar, nascido aos 28 de fevereiro de 1957, é o atual sócio majoritário da editora desde que seu pai morreu, em 1982.

Ele tinha apenas 25 anos quando assumiu a sociedade.

Portanto, tem 47 anos e é de Peixes.

Tenho as informações fundamentais.

Tuck e Patty acabaram de voltar — a essa altura, chamá-los de Sandra e Julius é um reducionismo —, e o jovem Mark ficou azarando seu barman preferido.

Sempre torço para que não fique se metendo em muita confusão. É tão ingênuo, e, no fundo, sua família somos nós, porque com a mãe que tem...

Uma vez ela veio aqui em casa. Vestia um conjunto de couro sintético rosa fúcsia, tinha unhas postiças, boca postiça e peitos postiços. Parecia a avó da Barbie... até o cachorro me pareceu um pouco estático.

Durante os sete minutos de apresentações, conseguiu dizer a Sandra que ela é muito gorda, a mim, que tenho um sotaque horrível, e continuou chamando Mark de "bonequinha"!

Nós a odiamos e juramos nunca mais vê-la. Para fazê-la pagar, convencemos Mark a dar aquele famoso telefonema ao vivo, fazendo-se passar por um especialista em vinhos e, quando lhe disse que era gay, ela fez uma cara tão perturbada que achamos que os pontos do seu lifting iam estourar em pleno ar.

Assistimos centenas de vezes a essa cena no videocassete, e quando algum de nós está meio baixo-astral, voltamos a passá-la em câmera lenta.

Por isso, não tenho absolutamente a intenção de pedir ajuda a ela no que se refere à publicação do meu livro.

Além do mais, seu programa é um lixo.

Volto a pegar a carta para Salinger, que trago sempre comigo e que é meu talismã.

Na realidade, eu a chamo de carta, mas é um envelope azul que contém um cartão da mesma cor, no qual escrevi um provérbio irlandês: "Possa Deus tê-lo na palma da mão até nosso próximo encontro", seguido por um "obrigada", em italiano.

Por anos tentei escrever-lhe coisas que fossem originais, mas ele não as leria, então busquei alcançar sua já atormentada alma com algo doce e muito profundo.

Vai se saber se um dia conseguirei vê-lo; já está com 84 anos.

Enquanto estou aqui, refletindo, ouço baterem à porta. É Sandra que me pergunta se estou com vontade de conversar.

Tenho tanta vontade de conversar que estou quase explodindo. Há semanas que não conseguimos nos dizer nada.

No fundo, ela e eu somos muito ligadas, embora não nos percamos em denguices.

— Foi uma semana dura, não foi? — pergunta, enquanto faz trancinhas nos próprios cabelos.

— Foi sim, aconteceu de tudo.

— Vi você sair do bar correndo, fiquei preocupada.

— Pois é, me deu um aperto horrível quando você começou a cantar *Thinking of you*.

— Não é bra você figar assim tão debrimida, minha beguena! — diz, e desato a rir.

Adoro quando ela imita Mammy, de *E o vento levou*.
— Loguinho, loguinho chegar bríncibe azul. Você só brecisar ter baciência!... Me dê sua mão esquerda.
— Você já leu minha mão na outra semana e não acho que haja novidades.
— A bruxa aqui sou eu. Me deixe ver logo... Aha! Está vendo? Está claríssimo! Está vendo esta linha aqui?
— Qual? Esta bem longa? É a linha do azar, não é?
— Claro que não! É a do amor e está cortada por uma linha que no outro dia não havia. Quem você conheceu? — pergunta-me levantando a sobrancelha.
— Ninguém! — e escondo a mão atrás das costas.
— Eu sabia! A mão não mente jamais. Quero os detalhes. E não me obrigue a ler suas cartas escondida!
— Mas não sei nada dele, juro! É um homem que conheci na loja e não sei nada, a não ser que é muito fofo, é um intelectual, mas não é chato; ao contrário, é muito simpático, vive em Edimburgo e tem uma editora.
— Signo do zodíaco?
— Peixes.
— É perfeito.
— Se você está dizendo...
— Agora vou lhe dar uma das minhas famosas lições sobre os homens: você precisa saber que o príncipe azul não vai chegar em cima de um belo cavalo branco, desembainhando a espada, e sim a pé, todo empoeirado, cheirando a suor, e que também se perdeu uma porção de vezes antes de chegar, mas cedo ou tarde acabará chegando. Já você tem de ser muito receptiva, porque não vai estar escrito na cara dele "sou o homem ideal para você". E pare de ficar comparando todo o mundo a David.

— Pois é, mas eu o amava! — Suspiro.

— Astrologicamente vocês eram um horror, e agora vamos falar de mim, porque tenho uma notícia-bomba, mas você não pode falar com ninguém a respeito.

— O que é? Arranjou um contrato com uma gravadora?

— Não, acho que estou grávida!

Fico boquiaberta por cerca de dez segundos.

Não sei se está contente ou não, mas se tivesse acontecido comigo, eu estaria tão atolada na merda que me afogaria.

Finalmente ela vem em meu auxílio.

— Não ficou contente? — diz franzindo a testa.

— Fiquei, claro que fiquei!

Que péssima mentirosa sou.

— É que não estava conseguindo entender se você estava feliz ou não. Você me deixou com medo!

Na realidade, ainda não estou totalmente convencida de que ela se tenha dado conta do que significa ter um filho, mas espero que tenha considerado todos os prós e contras.

Sempre fui um desastre com crianças e, durante a distribuição do instinto materno, devo ter pegado a fila errada. Mas se tem uma mulher que vejo bem no papel de mãe, essa mulher é justamente Sandra.

— Tem cem por cento de certeza?

— Digamos que 99. Fiz um teste esta manhã, mas minha avó já tinha adivinhado em sonho noites atrás.

— E o Julius? O que disse quando ficou sabendo?

— Ainda não contei para ele, mas já tínhamos falado a respeito, e ele gosta de criança.

— Imagine só, Sandra: esta criança vai ter pais músicos, uma madrinha italiana e outra gay. Não é fantástico?

— É sim! Em comparação, os filhos da Madonna são uns diletantes!

— Quando pretende contar a ele?

— Amanhã, depois da consulta no ginecologista. Quero ter certeza. Mas olha lá, hein! Enquanto isso, boca de siri com todo o mundo!

Sandra me dá um abraço, me beija as bochechas e sai.

Se as surpresas não tiverem terminado, antes do fim do ano terei um infarto!

QUATRO

Edgar me liga e decidimos nos ver na hora do almoço. É tão educado que quase me sinto constrangida. Nos encontramos em um pequeno café próximo à loja.

Logicamente, está chovendo, e todas as minhas folhas acabam se molhando.

Logo o vejo, sentado a uma mesa junto à janela do café. Como fica fofo com os cabelos sempre despenteados! Assim que me vê, me cumprimenta com a mão.

Trouxe os contos que lhe havia dito que publicara na Itália. Na realidade, publiquei-os por conta própria; aliás, para ser honesta, por conta do meu pai, mas isso ele não é obrigado a saber, e começo a lhe falar de *O jardim dos ex*.

Ouve-me com muita atenção, e busco escolher as palavras da maneira mais cuidadosa possível, para fazê-lo entender que estou levando a coisa a sério, mesmo que, para dizer a verdade, me sinta como em uma entrevista de emprego. E, em certo sentido, não deixa de ser isso.

E se, depois que eu terminar de ler, ele desatar a rir na minha cara? Ou se chegar a me dar um tapinha no ombro e me disser para esquecer? Do jeito que as coisas têm andado nesse período, estou pronta para tudo.

Ao contrário, quando termino de lhe contar a trama e de ler para ele o que escrevi, fica entusiasmado. Gosta do meu estilo, diz que é mordaz, irônico e que lhe ocorreu uma ideia, mas que antes deve dar alguns telefonemas para Londres.

No final do almoço, estou tão eufórica que não consigo parar de sorrir e, ao virar de repente, dou uma cotovelada no estômago da garçonete que cai para trás.

Fico mortificada. Agora ele vai pensar que tenho um parafuso a menos, mas, em vez disso, conta-me que desde que chegou a Nova York está sempre correndo o risco de ser esmagado pelos automóveis porque nunca se lembra de que aqui — e em todo o resto do mundo — a mão é à direita.

Evito contar-lhe que sempre erro a direção quando pego o metrô para não agravar a situação.

Decididamente, acho Edgar simpático, tranquilizador, e ele não sabe o quanto preciso de proteção e de bons conselhos neste momento da minha vida.

Não imagina o quanto necessito de um pai. Ou talvez o tenha percebido.

Ou então é budista.

Quando nos levantamos para ir embora, promete-me que vai me ligar nesta noite mesmo para me colocar a par das novidades, só que de casa, porque odeia celular. Ainda bem que me disse isso, porque eu já tinha decidido mandar-lhe uma pequena mensagem de agradecimento!

Quando volto para casa, estou muito excitada também porque Sandra já deve ter os resultados dos exames.

Entro imaginando que esteja preparando bananas fritas para festejar e, em vez disso, está de pé com uma carinha bem triste e os olhos inchados.

Mas será possível que nunca consigo, digo NUNCA, entrar nesta casa e dar uma boa notícia a alguém? Devem ter filmado *O massacre da serra elétrica* aqui!

Talvez debaixo dos alicerces existam restos de um cemitério indígena!

— Quer a boa ou a má notícia? — pergunta Sandra.

Odeio essa pergunta, juro, porque a má notícia é sempre tão catastrófica que acaba anulando completamente a boa.

— A boa é que estou grávida — responde.

Imaginemos a má.

— E a má diz respeito a Julius? — indago.

— Sim, foi embora.

— Um gesto digno de um príncipe... — não consigo deixar de dizer.

— Disse que não se vê sendo pai, pelo menos não agora que está começando a engrenar com a música.

— Original, sem dúvida...

— Quero este filho, mas também quero Julius.

— Me tire uma dúvida, Sandra: como é que você nunca adivinha o que diz respeito ao seu futuro?

— O drama é que, sobre mim, não vejo nada. Parece que é assim com todas as grandes sensitivas.

— É, deve ser assim, mas você vai ver que ele vai voltar. Talvez só esteja assustado.

Quando Mark chega, o colocamos a par das últimas novidades, e ele começa a saltitar de alegria, como só os gays sabem saltitar, e a dar gritinhos, como só os gays sabem dar.

É um divertimento. Inútil dizer que não está nem aí para o Julius; ao contrário, está feliz por ter ido embora porque não suportava que fumasse no banheiro.

Pelo menos ele levou numa boa, e Sandra parece um pouco mais serena.

O telefone toca. É Edgar que tem ótimas novidades para mim.

Antes que diga qualquer coisa, convido-o para vir aqui em casa. Me parece um ato de confiança para com ele.

Ele fica com medo de incomodar, mas, no final, acaba aceitando.

Tenho uma hora para arrumar o quarto e dar a impressão de ser uma escritora de sucesso.

Ligo o computador, espalho algumas folhas pelo chão, porque dá um ar mais criativo, e deixo bem à mostra o cinzeiro cheio de pontas de cigarro. Acendo algumas velas para dar aquele tom levemente místico e me detenho pouco, antes de queimar um incenso, pois, com tudo o que a Sandra acende, a casa já parece um templo indiano, e ponho os óculos — de mentirinha — para ficar com cara de intelectual.

Pontualíssimo, toca a campainha, e sou eu quem abre. Tem na mão um buquê de flores.

Se nele houver um bilhete escrito "Amo você", vou empurrá-lo escada abaixo.

Está vestindo uma malha azul de gola alta, que destaca seus olhos castanhos, e tem a barba ligeiramente malfeita e o sorriso esplêndido de sempre.

Realmente, é um homem bonito, mas não posso ter pensamentos eróticos em relação a meu futuro chefe.

Ofereço-lhe um chá e, naturalmente, levo vinte minutos para encontrar o saquinho e as xícaras boas. O leite acabou, sobrou apenas um pedaço ressecado de limão e nem tenho biscoitos.

Que papelão...

Nos acomodamos na sala, e ele começa e me falar da sua proposta:

— A sua ideia de O *jardim dos ex* me fez lembrar que tenho amigos em Londres que produzem musicais e comédias teatrais, principalmente na região de Covent Garden.

Conheço, conheço, havia um lugarzinho chamado Food for Thought, onde serviam uma fogaça divina. Será que ainda existe? Eu não devia ficar pensando em comida enquanto meu futuro está em jogo...

— Falei com essas pessoas, dizendo que conheci uma promissora comediógrafa que escreveu um romance a ser publicado em breve pela Lockwood & Cooper e que se prestaria perfeitamente ao estilo teatral que tem andado em voga em Londres, e disseram que estão muito interessados. O que acha?

Acho o seguinte: você não está no seu juízo perfeito, porque o romance não está nem na metade e ainda não sei exatamente como vai terminar.

Digo o seguinte:

— Você não está no seu juízo perfeito, porque o romance não está nem na metade e ainda não sei exatamente como vai terminar.

— Mas é justamente isso que é legal! Se você não se lançar, seus sonhos vão continuar sendo sonhos. Sei reconhecer o talento quando o vejo, e você, menina, tem talento, mas precisa de alguém que acredite em você, e eu acredito!

— Edgar, não posso aceitar!

— Tem de aceitar! Vou estar do seu lado dia e noite, você tem dois meses de prazo, ou seja, o tempo que vou ficar aqui em Nova York, e vou poder ajudá-la com o inglês e a revisão dos rascunhos. Quando voltar a Edimburgo, vamos ter de nos preocupar com o lançamento publicitário e a assessoria de imprensa.

Preciso de ar.

Estou tão habituada ao fracasso que tenho a sensação de não merecer o sucesso. No entanto, se ele, que é um especialista, está dizendo, é porque deve ser verdade.

Queria muito saber o que sentem as pessoas seguras de si, mas tenho certeza de que não ficam paralisadas de terror como eu neste momento. Tenho medo não de fracassar, mas de conseguir de fato fazer alguma coisa na vida. Sou imbatível na autocomiseração, mas, quando alguém me diz "muito bem", sempre encontro alguma desculpa para dizer que não mereço.

— Está se sentindo bem? Está branca como um fantasma.

— Ed... posso chamá-lo de Ed?

— Claro.

— Estou um pouco cansada, e todas essas emoções me abalaram um pouco.

Cristo, estou falando como a Jane Austen. Agora só faltam os sais!

— Você se importa se eu pensar esta noite e ligar para você amanhã, assim conversamos?

— Tudo bem, por mim não tem problema, mas não quero que você se deixe levar pelo pânico. Quero que confie em mim.

Dito isso, o acompanho à porta, beijo de relance sua face — que perfume é este? — e fecho a porta. Acho que estou com febre.

Não durmo à noite.

Esta manhã não preciso trabalhar e, enquanto vou pegar a correspondência, vejo um folheto sobre um curso de ioga na 94.ª. Decido ir, talvez me faça bem relaxar um pouco.

Na realidade, estou fazendo de tudo para me convencer de que é uma loucura e de que não vou dar conta; portanto, tenho a intenção de protelar.

Tiro a metade da manhã livre e depois, por volta das três da tarde, ou melhor, às 14h53, um horário que não vai parecer premeditado, ligarei para ele e direi que, na realidade, sua proposta não me interessa porque... porque... no caminho eu trato de encontrar um porquê.

Enquanto estou no metrô, repito dentro de mim o discurso, ou melhor, os discursos que tenho intenção de lhe fazer, pois, no fundo, tenho um trabalho em uma loja de prestígio, em uma cidade que é o centro do mundo, perspectivas de carreira... mas quem estou querendo enganar?

Eis que chego ao endereço.

É um edifício antigo, muito bonito e, como todos os grandes edifícios de Manhattan, chega a intimidar. Deve ser porque ao redor são todos tão multimilionários que não consigo não me sentir a visitante pobre.

A sala é enorme e está cheia de gente que parece entendida no assunto. São todos mais ou menos de idade, portanto, deve ser fácil estar no nível deles.

A professora se chama Veronica. Logo me percebe e me coloca na primeira fila.

Em vão tento protestar, dizendo que estou muito bem atrás dos outros, mas ela insiste com um tom que não admite réplicas, e, assim, obedeço.

Começamos com uma série de inspirações e expirações.

Olho para os outros e vejo que estão todos concentradíssimos, que vestem roupas caríssimas, tapetinhos tecidos pelo último imperador em pessoa, sucos orgânicos cor de lama.

Enquanto olho ao redor, Veronica logo me repreende em voz alta, deixando claro que quem não se concentra não é bem-vindo, e os outros me olham com superioridade.

Tudo bem, até aqui está fácil, depois começamos uma série infinita de flexões que logo me lembram que há muito tempo não faço nenhum tipo de ginástica.

Começo a me confundir, e a pérfida Veronica pede a Rosy, que deve ter uns 90 anos, que me mostre como se faz. A simpática velhinha realiza o exercício de maneira impecável e recebe um belo aplauso por parte de toda a classe.

Agora temos de dobrar a perna direita, alongando a esquerda, passar o braço direito por baixo da perna e enroscar o esquerdo onde der, depois abaixar, tocando a ponta dos pés, e levantar de novo, tudo escandido por nomes inquietantes que lembram os de pratos indianos que comi recentemente. A qualquer momento espero que me digam "Chicken tandoori" ou "Chapati".

Estou acabada, mas não vou desistir, até porque a velha Rosy está ao meu lado e só me esperando ceder para dançar em cima do meu cadáver.

No final, Veronica me olha e, de modo provocativo e sem deixar de me fixar, nos diz para contrairmos o ânus e, ao mesmo tempo, esticarmos ao máximo a língua para fora, gritando não sei que vogal.

Sinceramente, não entendo por que se deve contrair o ânus diante da Veronica duas vezes por semana, por 100 dólares ao mês.

Finjo um mal-estar e dou no pé, embora Rosy tente me oferecer seu suco de terra.

Saio mais dura do que uma pedra e vou beber um longo e abominável café em um banquinho no Central Park.

De vez em quando vou até lá com a esperança de ver algumas estrelas de cinema.

Já que uma porção de atores e cantores tem casa por esses lados, não deveria ser tão difícil ver algum deles. Às vezes as pessoas famosas saem por aí todas encapotadas para não serem reconhecidas, então fixo todas com atenção para não perder ninguém.

Uma vez vi Adrian Brody passeando na Fifth Avenue: estava lindíssimo. Meu olhar cruzou com o dele por um instante, só o tempo de notar que tem os olhos de um verde-musgo terrivelmente profundo.

Sento-me em um banquinho entre as folhas, acendo um merecidíssimo cigarro enquanto observo os caras que fazem jogging e me pergunto para onde será que estão correndo.

A certa altura, vejo Mark, ao longe, atravessando a rua. Chamo-o, mas há tanto tráfego que não me ouve e aparenta estar com pressa.

Parece tenso. Começo a segui-lo para alcançá-lo, mas está quase correndo, e minhas pernas ainda tremem por causa do esforço imenso, quando o vejo entrar no Mount Sinai.

Por que vai ao hospital?

A essa altura, grito com minhas últimas forças e corro feito louca.

Não entendo. Se houvesse uma emergência, teria me dito; saímos de casa juntos.

Estou sem fôlego, mas continuo a correr. Entro ofegante e com o rosto todo vermelho. Olho ao redor e temo tê-lo perdido. Depois, com o canto do olho, vejo sua imagem refletida no espelho do elevador que se fecha.

Só me resta tentar as escadas. Ainda bem que o elevador não é muito rápido.

Desce no quinto andar, e só dá tempo de vê-lo desaparecer por entre duas portas metálicas, nas quais leio a inscrição "Doenças infecciosas e HIV".

Puta merda. Não. Não é possível.

Meu sangue gela apesar da corrida.

Fico ali, parada, fixando a porta, incapaz de dar um passo.

Então Mark está mal e vem aqui fazer o tratamento. E guardou tudo isso dentro de si por sabe-se lá quanto tempo.

— Está procurando alguém? — pergunta uma voz às minhas costas.

É uma enfermeira.

— Você viu entrar um rapaz alto e magro poucos minutos atrás?

— Você quer dizer Mark?

— Isso, você o conhece? Pode me dizer por que está aqui?

— Mark é voluntário.

— Voluntário?

— É, faz mais ou menos um mês que vem aqui duas ou três vezes por semana para ajudar os doentes terminais de Aids. É um rapaz extraordinário.

Aproximo-me do vidro da porta e o vejo sorrindo para um rapaz que pesa menos do que a própria sombra. Mark refresca seu rosto com um lenço e segura sua mão.

Então era verdade quando dizia que queria ajudar os outros, e eu não o levei a sério.

Fico ali, olhando para ele sem que me veja, colada ao vidro com lágrimas de alívio e tristeza nos olhos, e o invejo profundamente, porque ele encontrou sua verdadeira vocação, enquanto eu me borro toda só de pensar em ter de escrever um romance estúpido.

Não passo de uma covarde. Ou escrevo esse romance, ou tanto faz voltar para casa agora mesmo.

Decidi. Ligo para Edgar e faço ato de humildade. Vou lhe dizer o quanto estou insegura, o quanto tenho medo de enfrentar esse negócio e que, se ele não me ajudar, sozinha é que não vou conseguir.

É patético, mas é a verdade. Curioso é que são realmente 14h53, e não foi premeditado.

Ligo para ele e digo tudo de um só fôlego, que aceito, mas que preciso conversar com ele seriamente, e ele brinca, dizendo que não vai me fazer assinar nenhum contrato de menos de um milhão de dólares. Não estou a fim de brincar, até porque não sei como vou trabalhar sob pressão. E se me der um bloqueio de criatividade?

Vou ao trabalho toda transtornada e não escondo que dentro de mim adeja o fantasma da vingança. Já me vejo vestida de Dolce & Gabbana, comprando, sem que as tias saibam, todo o edifício; depois as despejo, para então empregá-las como minhas funcionárias pessoais e levá-las na rédea curta.

Enquanto me perco nesses doces sonhos, chega a querida e velha Stalla, recém-saída da manicure, fazendo-me notar que falta dinheiro no caixa, cerca de 600 dólares, para ser precisa.

— E desde quando é você quem calcula o caixa? — pergunto.

— Desde que Miss V me autorizou, por meu conselho, a controlar mais de perto os funcionários.

— Mas os funcionários somos nós duas, lembre-se.

— Não, a funcionária é você; eu sou a responsável.

— Ah, então, se entendi direito, você está me acusando de furto, é isso?

— Não, mas é bom que saiba que estou de olho em você!

Mas olha a imbecil que tinha de aparecer na minha vida! Tem gente que se levanta de manhã com o objetivo específico de tornar impossível a vida dos outros.

É tão traiçoeira que basta você lhe dizer alguma coisa para ela começar a chorar e todos correrem para consolá-la, porque fica muito comovente com seus grandes olhos azuis.

Lentes de contato coloridas, das mais comuns. Deus do céu, como a odeio!

É uma daquelas pessoas que consegue fingir que trabalha tão bem que os outros realmente acabam acreditando no seu cansaço. Chega atrasada, fazendo você se sentir culpado, e consegue falar ao telefone por horas, sem nunca ser pega.

Secretamente, eu a admiro porque sou o contrário absoluto. Sempre me pegam!

No entanto, essa história dos 600 dólares está me cheirando a complô, e ela não tem o direito de fazer isso. O fato é que não tenho nenhum aliado.

Depois, aposto que sua bolsa Prada nova custa justamente 600 dólares.

Só preciso ficar muito atenta, porque as feras estão esfomeadas...

CINCO

dgar vem à minha casa para estabelecer um plano de trabalho. Adoro essas frases retumbantes, como "estabelecer um plano de trabalho". O problema é que sou eu quem vai ter de trabalhar.

Em casa não digo nada a Mark, mas estou tão profundamente orgulhosa dele que o vejo sob uma luz bem diferente. Gostaria que sua mãe soubesse como seu filho é maravilhoso, mas aquele cérebro de galinha não entenderia nada e ainda seria capaz de dizer que as luvas de látex dão alergia.

Mark e Sandra ainda estão ocupados em escolher um nome, e de vez em quando os ouvimos gritar coisas do tipo: "Você não vai chamar minha filha de Priscilla em homenagem à rainha do deserto, nem de Barbra como a Streisand, nem de Donna como a Karan!"

Edgar me explica que os prazos estão próximos e que realmente tenho de trabalhar duro, mas que, ao final de tudo isso, a recompensa vai ser enorme e não apenas no que se refere ao dinheiro.

Só me pergunto se pelo menos ele sabe o que está fazendo.

Vamos ter de ralar como loucos todas as noites, das 8 às 3 da madrugada.

No domingo vamos começar no início da tarde. Consegui que me fosse concedido um fim de semana nos Hamptons, na casa de Helen, que ultimamente não anda nada bem. Além disso, tenho a comemoração do seu aniversário e o domingo em que Edgar tem o casamento.

É inacreditável, mas nunca tive essa sensação antes.

Sinto-me consciente daquilo que estou fazendo, e não apenas por estar realizando alguma coisa, enganando a mim mesma e perdendo tempo como aconteceu por anos. Consigo escrever por horas, sempre encontrando alguma coisa original, e olha que nem é a minha língua.

Ed e eu formamos um verdadeiro time. Sinto-me protegida como nunca me senti antes, e ele realmente acredita em mim.

Como talvez ninguém tenha acreditado até agora.

E se fosse como naquele filme que passou na televisão, no qual os anjos vêm em socorro dos azarados em dificuldades e depois, quando está tudo bem, desaparecem para sempre?

Tenho vontade de ligar para a minha mãe e contar-lhe um pouco do que tem acontecido.

Ela não diz, mas, na realidade, está muito preocupada comigo. Tem medo dos atentados, das bombas no metrô, das armas químicas, dos serial killers e da cientologia.

Por isso, nesta noite, talvez seja melhor não ligar para ela, uma vez que há dois dias não acontece nada alucinante. E depois, eu não gostaria de correr o risco de ser colocada a par dos últimos casamentos-divórcios-gestações das minhas ex-colegas de escola.

Ainda não tenho na minha conta um número suficiente de novidades positivas para poder competir com os anos de vida regular e cheia de sucesso das minhas amigas.

Chego à loja ensopada, e Stella vem a meu encontro, como sempre, perfeitamente maquiada e penteada, com a grande notícia de que o celular da Miss H foi roubado.

Adivinhem: quem é a maior suspeita?

Fico esperando que por aquela porta entre o tenente Colombo em pessoa para pegar minhas impressões digitais com a desculpa de aceitar um copo de água.

Rio por dentro, porque o pessoal aqui é realmente louco, e, quando eu ficar famosa, vou escrever um romance que será ambientado em um hospital psiquiátrico. Trancarei todas elas em um quarto, incluindo a mulherzinha do meu pai, que é a verdadeira diretora de toda essa farsa, e jogarei a chave fora.

Sinto que o voluptuoso fascínio do poder está me pegando pela mão!

As duas velhas, que no fundo são completamente dominadas pela pérfida Stella — e, devo dizer, também me dão certa pena —, me esperam no depósito para o interrogatório.

Vai se saber se não colocaram um detector de metais...

Entro, e as duas vovós, em estado cada vez mais deplorável, me esquadrinham da cabeça aos pés. Miss V diz:

— Stella lhe colocou a par do lamentável fato ocorrido ontem à noite neste local?

— Que local? — repete Miss H.

— Este local significa aqui dentro — responde Miss V um pouco irritada.

— E por que você não diz "aqui dentro"? Não se entende quando você fala.

— Por favor, não me interrompa, Henrietta. Como eu estava dizendo, Stella a colocou a par do que aconteceu aqui dentro ontem à noite?

— Sim, Miss V, acabou de me dizer.
— *Por favor, não me interrompa, Henrietta* — repete Miss H, tossindo rumorosamente.
— Onde exatamente a senhorita se encontrava ontem, entre 18 e 19h30? — retoma Miss V.
— Aqui na loja, naturalmente. Stella também estava.
— Stella disse que a senhorita se ausentou sem avisar e que depois reapareceu meia hora mais tarde, vindo do depósito.

Que filha da puta... beeep, babac... beeep, beeeeeep... a censura não deixaria passar nada daquilo que estou pensando neste instante.

— Fui procurar uma agulha e uma linha para costurar um botão da blusa de Stella, e foi justamente ela quem me autorizou a ir ao depósito!

Não queria, mas começo a me colocar na defensiva.

— Garanto a vocês que eu não sonharia em lhe dar uma permissão desse tipo — diz Stella, arregalando os olhões azuis.
— Stella também disse ter visto o telefone carregando justamente no depósito, onde Miss H o havia deixado — reitera Miss V.
— O que foi que eu fiz no depósito? — lamenta-se Miss H.
— Você deixou o celular carregando, Henrietta, deixou o telefone no carregador de baterias.
— Não carrego as baterias!
— Você não, Henrietta, o aparelho! — exclama Miss V exasperada.
— Que aparelho?
— Mas eu nem sabia que Miss H tinha celular! — digo choramingando.

E ainda estou convencida de que não tem, mas de que lhe fizeram uma lavagem cerebral, pobre coitada!

— Quando vocês terminarem de falar em código, me chamem — diz Miss H, e se afasta cambaleando.

— A senhorita está sabendo do desaparecimento de 600 dólares da caixa ontem, não está? — quer saber Miss V.

— Estou, Stella me contou, mas não sei o que dizer. Aqui, quase ninguém paga em dinheiro, e quase nunca vou à caixa.

— Stella disse que a surpreendeu com as mãos na caixa e que a senhorita se justificou dizendo que não era problema dela!

— Não é verdade! Stella me disse para contar as notas de 100 dólares e depois para colocá-las em um envelope porque ela as levaria ao banco, e foi o que fiz.

Agora estou realmente na defensiva.

Volto-me para Stella, tenho lágrimas de raiva nos olhos e lhe digo:

— Te juro, Stella, que na minha vida nunca conheci uma pessoa pérfida como você. Você seria capaz de tudo para pisar nos outros, mas o mais triste é que é consumida pela inveja. Te garanto que, não importa o que venha a fazer na vida, sempre ficará insatisfeita, porque o que lhe falta mesmo e que nunca poderá ter é um coração!

Dito isso, pego minhas coisas de cima do balcão e deixo cair a nova bolsa Prada de Stella, da qual sai o celular de Miss H.

Ainda por cima é burra.

Olho-a com desprezo por alguns segundos e saio batendo a porta.

Estou furiosa, mas estou no céu!

Sinto-me como Kathy Bates no filme *Tomates verdes fritos*, quando grita "Towanda!", enquanto destrói o carro daquela imbecil que roubou seu lugar no estacionamento.

Realmente desabafei depois de um ano e meio de abusos e frustrações. A pequena Heidi rebelou-se com a senhora Rottermeyer.

Deveria ter dito a elas muito mais e coisa muito pior, mas acho que havia muita dignidade no que lhes disse. Se as tivesse chamado de bruxas — o que, aliás, seria muito merecido —, teriam pensado que continuo a mesma italiana cafona e, como tal, ladra.

Assim, ao contrário, saí como uma grande dama.

Não queria ter chorado, mas foi mais forte do que eu.

E que vão tomar no cu!

Agora que estou desempregada, antes que chegue a ordem de extradição, vou aos Hamptons hoje mesmo.

Quando ligo para Judith, ela me diz que as coisas não vão nada bem. Já estão na casa de Helen, que está mal mesmo e, pelo que me diz, acham que não vai aguentar.

Pedem que eu vá ao encontro deles o mais rápido possível, e me precipito na primeira balsa que encontro na mesma tarde.

De longe vejo o balanço vazio na varanda, e isso é suficiente para fazer-me entender que a situação é grave.

Sam vem a meu encontro e está muito triste. Helen tem complicações respiratórias gravíssimas, e seu coração está muito fraco. Acham que não passará desta noite.

Não sei como, mas estava sentindo isso. Quando me disseram que ela estava mal para comemorar o aniversário, tive um arrepio fora do comum e já estava esperando essa notícia.

Uma vida à base de dois maços de cigarro por dia.

Trouxe comigo o presente que ia lhe dar, mas agora me parece estúpido.

Entro no quarto iluminado apenas pela luz de um pequeno abajur. Judith está sentada em uma poltrona ao lado da cama.

Sobre o criado-mudo há uma porção de remédios, seus óculos, seu anel e sua Bíblia.

Me faz lembrar o passarinho que havia caído do galho, que eu encontrara no jardim quando era pequena e colocara em uma caixa com algodão.

Estava ferido, tremia todo e mantinha os olhos bem apertados. Velei-o a noite inteira, convencida de que, se continuasse a olhá-lo, ele não morreria, mas depois o sono foi mais forte do que eu e, de manhã, quando acordei, minha mãe me disse que tinha ido embora voando, mas eu sabia que não era verdade.

Tenho uma relação terrível com a morte. Temo mais a dos outros do que a minha, porque sinto que não conseguirei sobreviver à dor.

E, nessas circunstâncias, não há o que dizer.

Aproximo-me bem devagar, sento-me no chão, a seu lado, e apoio o queixo perto de sua mão.

Helen entreabre os olhos, volta-se para mim e faz um esforço incrível para tentar sorrir e esticar a mão na direção da minha cabeça.

Aproximo-me ainda mais, e ela me diz, em italiano, com um fio de voz:

— *Ciao, bambina.*

Estou com um nó na garganta que me impede de respirar, mas jurei que não ia chorar na sua frente.

— *Ciao* — respondo-lhe, e não posso perguntar-lhe como está porque sei que está mal pra caramba. Não posso nem mesmo contar-lhe alguma coisa para fazê-la rir, porque realmente não há do que rir. Ela está indo embora, e nada poderei fazer para impedi-la.

Apoio a cabeça em seu colo, assim ela pode acariciar meus cabelos e posso ouvi-la falar.

— Tive uma vida bonita, sabe?... Fui uma mulher de muita sorte, tive um marido que me quis bem... três filhas esplêndidas, três netos, e dei a volta ao mundo. Não tive muitos inimigos e não tenho arrependimentos. Agora o Senhor decidiu me chamar, e acho que é a hora certa. Não quero ver vocês chorando, nem quero caras amuadas no funeral; ao contrário, queria que aquela sua amiga cantasse alguma coisa da Ella Fitzgerald.

Faz uma pausa.

Uma pausa extremamente longa.

— Quero que saibam que estarei com vocês e os protegerei sempre. E depois, talvez até reveja Clark Gable.

Tenta rir, mas é acometida por um forte acesso de tosse.

Não consigo dizer nada.

— Na vida, o importante é nunca ter medo de ser quem se é e sempre fazer o melhor para viver serenamente consigo mesmo e com os outros. É bobagem perder o tempo precioso cultivando a raiva.

Judith se senta na cama a meu lado, enquanto Sam fica de pé, próximo à porta e junto com o cachorro, que há uma semana não se move da entrada do quarto.

Helen nos olha lentamente um por um, com um imperceptível sorriso nos lábios. Um cacho de cabelos rebeldes cai em seu rosto. Em seguida, sinto um leve tremor na mão que está me apertando e entendo que ela foi embora.

Então começamos a chorar em silêncio, como se não quiséssemos quebrar a promessa, sentindo-nos desesperadamente impotentes.

Olho esse frágil corpo sem vida e espero ouvi-la rir a qualquer momento; em vez disso, tudo é terrivelmente definitivo.

Ela se foi. Para sempre.

E nossa vida segue em frente.

Automaticamente, nos levantamos e, como se quiséssemos nos despedir pela última vez, vamos nos sentar em seu balanço. Olhando o mar, imaginamos vê-la afastar-se enquanto nos saúda com a mão.

Talvez a estejamos vendo de verdade.

— *Addio, Helen* — sussurro em italiano.

SEIS

udith e Sam insistiram para que eu ficasse, mas preferi voltar para casa.

Sandra me diz que ligaram várias vezes da loja. Pois é, a loja.

Ontem de manhã eu tinha a impressão de ter feito sabe-se lá o quê, mas, diante do que aconteceu, tudo assume outra dimensão. Certamente as coisas importantes não são essas.

Helen tinha razão: é inútil desperdiçar a vida envenenando-se com a raiva.

Ligo para elas para saber quais documentos devo assinar para ir embora definitivamente, porém, quando me atende, Miss V é insolitamente cordial e me diz que "lamenta profundamente o ocorrido; que Stella foi afastada e que pedem desculpa por terem se comportado de modo tão antiamericano".

Politically correct.

Devo admitir que fui pega de surpresa. Pensei que tivesse de fazer as malas.

Não estou esperando que me deem um aumento ou uma promoção, mas, por conhecê-las, reconheço que, para elas, isso é um grande passo adiante.

Conto-lhe sobre o luto recente, e o fato de somar-se àquele fictício do meu avô, de um mês atrás, não me engrandece. Peço-lhe alguns dias para voltar ao normal, e ela consente.

Seja como for, sei muito bem que terei de recuperar o trabalho atrasado com horas e horas extras.

Ligo para Edgar, que me deixou diversas mensagens muito preocupadas.

Conto-lhe o que aconteceu e lhe digo que, por alguns dias, não tenho vontade de escrever.

Foram meses infernais para mim e quero parar um pouco. Preciso ficar sozinha.

Edgar me pergunta então se tenho vontade de acompanhá-lo ao famoso casamento no próximo domingo para me distrair um pouco. Diz que vale a pena assistir a um casamento judaico.

Esta noite quero aproveitar meus companheiros de apartamento. Gostaria de ficar um pouco mais próxima de Sandra e de conversar com Mark sobre o que o vi fazer no hospital, mesmo à luz do que vivi com Helen. Pusemo-nos a cozinhar todos juntos como não fazíamos há muito tempo.

É curioso como estamos todos diferentes agora, como se uma corrente de mudança nos houvesse atingido.

Sandra já entrou no terceiro mês de gravidez e está radiante; Mark já não parece aquele cara vaidoso que passa as noites entre um aperitivo e uma festa para encontrar Rupert Everett; e eu, ao que parece, dentro em breve serei uma escritora.

Tudo isso ainda me faz rir; no entanto, efetivamente é o que sempre desejei.

E ainda, para citar Salinger: "A vida, na minha opinião, é um cavalo dado."*

---

* Do conto "Teddy", em *Nove contos*, de J. D. Salinger. (N. T.)

Enquanto Sandra está cozinhando frango ao curry, volta-se e, lambendo a colher de pau, diz:

— Vocês não imaginam o que o ginecologista me disse hoje.

Mark e eu nos olhamos por um instante e permanecemos perplexos, temendo uma notícia do tipo "são gêmeos".

— Disse que devo começar uma dieta de todo jeito.

Desatamos a rir porque sabemos que não há tortura maior para Sandra do que fazer regime.

— Vocês não entendem, disse que tenho de perder pelo menos 20 quilos. Na minha vida inteira nunca passei um dia fazendo dieta, e agora esse imbecil decide que tenho de viver com 1.800 calorias por dia! Vocês sabem o que são 1.800 calorias?

— Um pacote de biscoitos e um pote de sorvete de chocolate — respondo.

— Isso mesmo! E o que ele acha que vou comer no resto do dia... água? O que está errado? Não gosta de mulheres gordas? Qual é seu problema, hein? Sempre fui gorda e tenho a intenção de manter minha bunda enorme. Eu AMO a minha bunda enorme. Nenhum homem no mundo nunca se lamentou da minha bunda enorme! Me expliquem por que em Nova York as mulheres têm de ser todas umas vassouras. Querem saber de uma coisa? Ao diabo as bundas secas e os doutores babacas! Semana que vem vou mudar de ginecologista!

— Ele deve ter dito isso para sua saúde, imagino — ousa Mark.

— E o que é que ele sabe da minha saúde? Na minha família, por gerações as mulheres pariram em casa e nunca viram um doutor. Eu mesma nasci em cima da mesa da cozinha, e agora um estúpido doutor de sitcom me diz que tenho de tomar vitaminas, fazer ginástica e jejuar. Está todo o mundo louco?

Nenhum dos dois ousa proferir uma palavra, porém, talvez o imbecil não esteja tão errado, uma vez que Sandra se parece um bocado com a Mammy de *E o vento levou*.

Hoje foi o funeral.

Foi realmente bonito, e tenho certeza de que saiu como ela queria.

Havia muitas flores coloridas; ninguém estava vestido de preto; e Sandra cantou *Fly me to the moon* e *Unforgettable*.

Também estavam as irmãs de Judith que vivem no Canadá, junto com seus filhos, e uma porção de gente que a conhecia.

Todos disseram alguma coisa bonita sobre ela, sobre o quanto era generosa, forte e humana, e cada um de nós sentiu-se orgulhoso de tê-la conhecido.

Havia muita coisa para comer, e me pergunto como as pessoas fazem para se fartar de comida ali, a um passo do morto. No entanto, todos comiam e bebiam como se fosse Natal.

Talvez, como boa italiana, eu seja mais sentimental, mas, quando estou muito mal, meu estômago se fecha e nem me passa pela cabeça a ideia de empanturrar-me de torta de maçã.

Nem mesmo Sandra, apesar de suas conclusões contra o ginecologista, tocou na comida. Disse que estava enjoada, mas sei que não é verdade porque sempre bebe uma poção à base de gengibre e outras ervas que, segundo ela, a fazem sentir-se muito bem. Agora se pesa todas as manhãs e anota o peso em um bloco.

Desde que vi Helen morrer não fumei mais um só cigarro. Veio-me uma espécie de bloqueio. Melhor assim.

Mark conseguiu azarar o irmão gay de Sam. Passaram a tarde inteira do lado de fora, na varanda, apesar do frio polar, e de vez em quando eu o via dar o clássico pulinho de quando está excitado.

Sorte dele que se excita até nos funerais. Fiquei o tempo todo acariciando Help, o cachorro, que, na minha opinião, era o mais triste de todos. Olhava para mim e não entendia o porquê de toda aquela confusão, e eu lia em seus olhos que a única coisa que lhe interessava saber era aonde tinha ido Helen.

Senti-me exatamente como se tivesse de explicar a uma criança que sua mãe morreu.

Sam estava muito triste, mas quem me preocupou de verdade foi Judith. Praticamente não proferiu palavra. Parecia uma menina perdida no bosque. Estava desorientada e confusa, e em nenhum momento quis afastar-se do balanço onde Helen ficava. Em certo momento, Sam quase teve de carregá-la, pois estava toda entorpecida pelo frio e com os lábios roxos.

Quando chegou a hora de ir para casa, Mark se aproximou de mim com os olhos cintilantes e me disse:

— Monica, sinto que este é o cara certo!

Tomara mesmo.

Quando volto à loja, três dias depois, o ar está surpreendentemente leve.

Embora o lugar continue sendo o mausoléu estreito de sempre, as tias parecem mais relaxadas. Eu poderia jurar ter visto Miss V sorrir imperceptivelmente com o canto direito da boca!

Stella não foi denunciada, mas foi mandada embora de imediato, e de nada valeram as acusações infamantes contra mim.

— Por enquanto, não temos intenção de contratar ninguém mais, minha querida — diz Miss V.

— Até porque ninguém ia querer — rebate Miss H.
— Por gentileza, Henrietta, guarde para si seu sarcasmo!
— *Por gentileza, Henrietta...* — diz Miss H para imitá-la.
— Não dê atenção a ela, minha querida — retoma Miss V. — Estava pensando que faz muito tempo que o depósito não é arrumado e limpo e, já que ele está aí, o que me diz de fazer o inventário? Faz anos que ninguém o faz mais.

E, como por encanto, tudo volta a ser como antes, mas agora sei que me estimam e, por isso, continuarão a me tratar como um cachorro até o fim.

Volto acabada para casa que, como sempre durante a lua cheia, está fedendo a incenso e cera de vela. Tomara que tudo isso traga coisas boas.

Sandra mudou de ginecologista, e este lhe disse que deve perder 25 quilos. Então voltou ao primeiro e agora está tentando uma dieta que lhe permita tomar sorvete, comer biscoitos e batatas fritas.

Mark, por sua vez, como bom apaixonado, passa o tempo todo entre o banheiro e o espelho do armário, mudando de roupa sem parar.

Finalmente me jogo na cama exausta e, de repente, me lembro de que domingo há o famoso casamento e de que não tenho absolutamente nada para vestir, e isso não é maneira de dizer.

Preciso arrumar o cabelo, me depilar, fazer as unhas e, o mais importante, perder seis quilos.

Edgar me disse que a cerimônia será no Waldorf Astoria. Não estou com a menor vontade de ir, mas agora já lhe prometi e, na pior das hipóteses, vou poder me acabar no bufê. Não me passa nem de longe pela cabeça a ideia de que eu possa conhecer gente interessante que venha a me ajudar em minha carreira. Meu único pensamento é a comida.

Estou sem esperança, admito.

Tenho apenas um vestido que poderia servir, mas é tão leve que eu só poderia usá-lo em um casamento no Egito.

Quando eu me casar, vou mandar que todos os convidados compareçam de jeans. Me aborrece a ideia de passar um dia inteiro sorrindo a parentes que odeio e tentando manter bem distante minha mãe do meu pai com sua nova mulher, enquanto sou prisioneira de um vestido branco, no qual não posso nem sequer suar, com sapatos que me machucam e cabelos em forma de ninho de andorinha, imobilizados por seis litros de laquê.

Por fim, após um dia como esse, ainda teria de encontrar forças para ir para a cama com meu marido e acordar às cinco para pegar o avião para as Maldivas!

Meu casamento será muito simples. No convite, vou escrever: "Tragam alguma coisa para beber e roupa de banho." E quando estivermos todos inteiramente bêbados, mergulharemos na piscina, onde minha mãe tentará afogar a nova mulher do meu pai.

E vou ajudá-la!

Quando volto para a sala, Sandra me anuncia que Mark decidiu nos apresentar seu novo amor, Fred. Fred, o belo; Fred, o cara certo; Fred e seus sapatos maravilhosos; Fred e suas belas mãos. Sim, aquele Fred.

Desde que o conheço, e já faz quase dois anos, nunca nos apresentou ninguém; portanto, tenho medo de que seja uma coisa séria, porque ele é muito discreto quando se trata de assuntos do coração.

Eu devia aprender com ele.

Convidou-o para jantar aqui em casa. Para ele, deve ser uma espécie de *Entrando numa fria*.

Limpou a casa toda e nos obrigou a arrumar nossos quartos, porque sente vergonha, e com razão...

A sala nem parece a nossa: ele cobriu o sofá com um brocado vermelho e dispôs almofadas enormes sobre o tapete novo.

A mesa está arrumada com pratos quadrados e pretos, decorados com composições de flores brancas, e velas de flor de laranjeira boiam em uma ânfora de cristal repleta de água de rosas.

De música de fundo, o jazz fusion que não pode faltar.

Só está faltando a inscrição Buddha Bar para ficar tudo pronto. Ele daria um ótimo decorador.

Sandra e eu não podemos entrar na cozinha até a hora do jantar, e ele se comporta como um coreógrafo histérico na estreia de seu espetáculo.

Quando Fred toca a campainha, Mark ainda não terminou seu suflê Strogonoff e quase tem um ataque histérico. Por que será que todos, no primeiro encontro, fingem que sabem cozinhar? Quando Fred perceber que Mark vive de salada achará engraçado.

Corremos os três para abrir a porta. Mark nos afasta com um empurrão, arruma os cabelos, dá uns pulinhos para dar sorte e finalmente a abre.

Fred está ali, segurando uma garrafa de Dom Pérignon, e tem início uma exultação de gritinhos, pulinhos e beijinhos na boca para todos.

Sandra e eu também começamos a saltitar e continuamos assim por bons cinco minutos.

É melhor abrir o Dom Pérignon em outra ocasião.

Fazemos com que ele se acomode na casbá, enquanto Mark volta para a cozinha.

Fred é dentista em uma região da Park Avenue, e isso me faz desejar que essa história dure muito tempo, pois tenho algumas obturações a serem refeitas.

Vê-los juntos é realmente uma diversão. Mesmo tendo a mesma idade, são completamente diferentes: Mark é muito vaidoso, não tem um pelo no corpo; seus cabelos são de um esplêndido louro-dourado, dos quais sente muito orgulho; corre todos os dias cinco quilômetros e é vegetariano; enquanto Fred, bom, parece Mark antes de se cuidar...

A noite é realmente agradável. Fred parece uma pessoa muito doce e nos faz rir com suas imitações. Mark finalmente relaxou e não vê a hora de lhe dizermos o que pensamos do seu novo namorado.

Sandra, obviamente, lê sua mão e, não contente, faz com que ele beba café para ler a borra, e Fred, que não toma café, decide contentá-la mesmo que depois não pregue o olho a noite inteira.

Quando Mark acompanha Fred até a porta, Sandra me chama de lado e diz:

— Será uma bonita história, mas não vai acabar bem para Fred.

— O que você está dizendo? Por que não?

— Não vai durar... vi claramente. Sinto muito, porque Mark o fará sofrer.

— Não vai dizer isso a ele, vai? — pergunto um pouco séria.

— Não, claro que não. O Mr. Arrasa-corações tratará de fazer isso quando chegar o momento.

— Mas, se você tem tanta certeza, por que não podemos fazer nada? É como ver um cego que está para cair em um bueiro e não detê-lo!

— A vida é assim. É preciso deixá-la seguir seu curso.

Certas vezes não gosto quando Sandra faz o papel de fatalista. Um pouco de magia na vida, tudo bem, mas quando ela extrapola acaba exagerando.

E se tiver razão?

SETE

Eis que chega o dia fatídico. Coloquei o vestido de chiffon cor-de-rosa antigo de que gosto tanto.

Possui um pequeno decote em V e mangas compridas, largas e em boca de sino até quase cobrirem as mãos. Tem um caimento suave nas laterais e desce até os pés.

Pareço uma fadinha que vai ao casamento de duendes, mas pelo menos não estou com cara de estar com a roupa de baile do fim do ano passado.

As tias me emprestaram um colar de pérolas da sua mãe.

Fiquei comovida. Ainda que amanhã de manhã bem cedo eu tenha de levá-lo de volta ao cofre do banco, me parece um lindo gesto da parte delas.

Prendi os cabelos e passei um pouco de brilho nos lábios. Estou realmente bem.

Quando desço, Mark e Sandra me olham boquiabertos.

— Uau! Ninguém vai olhar para a noiva! — diz Mark.

— Oh, Miss Rossella, gomo você está bonita! — diz Sandra.

— Obrigada! — respondo. — Daqui para frente, me vestirei mais vezes assim!

— Se você não se vestisse sempre como um saco, daria para perceber que é uma mulher — diz Mark.

Toca a campainha. É Edgar que veio me buscar.

Abro a porta e ele também fica boquiaberto. Começo a achar que nos outros dias do ano sou realmente uma lástima.

Ele está simplesmente um estouro. O smoking de fato lhe cai bem e, quando me oferece o braço, sinto-me muito orgulhosa e um pouco envergonhada porque, ainda que não tenhamos dito um ao outro, todos pensarão que estamos juntos.

No carro, peço-lhe informações sobre os noivos e que me explique por que sempre tive a sensação de que entre eles e Edgar a relação não é das melhores.

Edgar me conta que a noiva é prima em segundo grau de sua mãe e que fazia muita questão de que ele representasse o ramo inglês — nobre — da família.

Justamente porque não se falam há anos, não queria que se dissesse que se davam ares de esnobes, e como Edgar estava em Nova York a trabalho...

Além do mais, a prima em questão sempre foi um pouco estranha, e todos sempre pensaram secretamente que fosse lésbica. Por isso, agora, sustentam que esse casamento serve para salvar as aparências.

A coisa começa a ficar interessante: conflitos familiares, enredo homossexual... e eu que não queria vir!

Ficamos presos no engarrafamento e chegamos com um atraso considerável, depois de já iniciada a cerimônia.

O hall do hotel é suntuoso. Paira no ar o fortíssimo e inconfundível perfume dos bilhões.

Entramos silenciosamente na sala onde ocorre a cerimônia.

Os noivos estão debaixo de um gazebo branco, adornado com flores rosa, nas laterais do qual se encontram as quatro testemunhas do noivo. Ele acabou de quebrar um copo pisando nele, para recordar, conforme me explica Edgar, a destruição do Templo de Jerusalém.

A noiva se prepara para dar as sete voltas ao redor do noivo, em sinal de fidelidade eterna.

Na minha opinião, um aperto de mão era mais do que suficiente nos dias de hoje.

Os convidados estão muito elegantes. Todas as senhoras usam chapéu de abas largas, e os homens, o típico quipá judaico.

Os noivos estão de costas, e nós, bastante longe. Não consigo ver direito o vestido.

De fato, a noiva é bem masculina, muito magra e ossuda, enquanto o noivo é... o noivo é...

AI, MEU DEUS!

É David!!!

— NÃÃÃO...!! — ouço-me gritar.

Todos se voltam para mim.

— Nãão... formam um casal maravilhoso?

Tento remediar esse — tudo bem, vamos chamá-lo por seu verdadeiro nome — colossal e ultraoceânico papelão.

Helen, aqui certamente tem dedo seu. Você deve estar dando muita risada aí em cima!

Edgar me olha atônito. Agora vão me levar embora em uma camisa de força.

Um velho na última fila bate palmas e grita:

— Viva os noivos!

Por sorte, é seguido por outras pessoas que provavelmente pensam que faço parte de algum evento de animação.

Contra a minha vontade, cruzo com o olhar homicida de David e sinto que estou com os minutos contados.

Agarro a manga de Edgar, que renunciou a entender o que está acontecendo, e o arrasto para fora do salão.

Intercepto o garçom com a bandeja de champanhe e apanho duas taças, que bebo literalmente de um só gole. Deixo-as e pego mais duas que, desta vez, divido com Edgar que, com uma paciência de monge tibetano, está esperando uma explicação.

Espero aqueles oito segundos em que o álcool deveria fazer efeito e, quando me sinto completamente calma e dona da situação, pego Edgar pelo colarinho e grito:

— VOCÊ TEM IDEIA DE QUEM É O MARIDO?

— David Miller, o noivo da minha prima Evelyne há pelo menos dez anos — rebate calmíssimo, com uma mão no bolso e outra segurando o champanhe.

De fato, dito assim, não deixa dúvidas.

Largo seu colarinho e tento recuperar um pouco de dignidade, mas não encontro nem uma migalha.

— David é o homem que mais amei na vida. Levei meses para esquecê-lo. Teria preferido ser torturada com óleo fervente a vir a seu casamento. Ele vai me matar por isso!

— Desculpe, Monica, não querendo me meter, mas visto que David nunca deixou Evelyne, mesmo que eu ignore a razão, quer me explicar em que momento ele se tornou o homem da sua vida?

Odeio as perguntas lícitas.

— Tivemos um caso oito meses atrás — digo, tentando parecer digna, mas começando a me sentir ridícula.

— Entendo. Sem dúvida, um caso muito importante, sobretudo para ele, uma vez que lhe deu o fora, me desculpe pela expressão, depois de quanto tempo?

— Cinquenta e oito dias...

— Durante os quais vocês se viram...

— Quatro vezes, mas falamos muito pelo telefone — rebato irritada.

— Não tenho mais perguntas, meritíssima.

Sinto-me uma verdadeira estúpida, antes de tudo porque Edgar é um homem extraordinário e, desde que o conheci, minha vida só fez melhorar. Não merece meu desabafo de adolescente histérica, e, para dizer a verdade, quanto mais falo de David, mais me dou conta de que já não me importo com ele sabe-se lá há quanto tempo.

Não sinto rancor nem desilusão, só o desejo de que ele seja feliz.

Acho que, quando nos apaixonamos por alguém, é como se essa pessoa nos lançasse um encanto do qual ficamos prisioneiros até ela decidir nos libertar, e agora David me libertou.

Deve ser o champanhe, mas, de repente, me sinto melhor.

— Sabe de uma coisa, Ed? Talvez você tenha razão. Fantasiei demais.

— Se eu soubesse, nunca a teria trazido aqui. Só queria que você se sentisse bem.

— Não, eu é que peço desculpas, Ed. Passei por um período difícil, mas você é a última pessoa no mundo que posso criticar por alguma coisa; ao contrário, deveria erguer um monumento a você por tudo o que tem feito por mim.

— Agora você está exagerando!

— Juro! Você entrou na minha vida na ponta dos pés e colocou ordem nela sem que eu percebesse. Você foi um irmão, um pai, um amigo. Nunca conseguirei agradecer o suficiente.

— Vamos encontrar um jeito de fazer você pagar!

Enquanto estamos conversando, David e Evelyne vêm em nossa direção.

Ela realmente tem uma cara antipática, e ele parece muito nervoso. Não há como condená-lo.

Evelyne me dirige a palavra de modo bastante descortês:

— Nos conhecemos?

— Nos vimos de relance num jantar na casa de Judith e Sam, no ano passado — digo para salvar a situação.

— Ah, então foi lá! — exclama David.

— Me desculpem por antes, mas é que os casamentos sempre provocam esse efeito em mim. Não consigo deixar de exprimir alegria, não é mesmo, Edgar?

Já não sei o que dizer, porra, me ajudem!

— Pois é, ela é tão exuberante... certamente por causa do sangue italiano — diz Edgar.

— Ah, é italiana? — pergunta David, vencendo o primeiro prêmio absoluto na competição de cara de merda, superando até a minha.

— Sou, venho de Roma.

— Mas veja só! É justamente para lá que vamos em lua de mel! — diz Evelyne.

— Mas olha que coincidência...! — exclamo.

Sinto que Edgar está morrendo de vontade de rir, enquanto todos aqui estamos ardendo em brasa.

David deve ter perdido ao menos sete quilos desde o início da cerimônia.

— Como é que vocês se conheceram? — pergunta Evelyne com ar de quem quer pescar em águas turvas.

Mas onde é que ele foi encontrar uma mulher assim?

— Monica é uma escritora de grande talento e vai me dar a honra de publicar pela minha editora.

Grande Eddy! Amo você! Isso mesmo, humilhe-os!

— E quanto tempo faz que estão juntos? — insiste ela, com tom inquisitório.

— Na verdade, nós... — começo.

— Seis meses, não é, amor? — interrompe-me Edgar.

— Seis meses? — repete David, decididamente surpreso.

— Ah, sim, isso mesmo, seis meses, como o tempo voa.

Enquanto Edgar e Evelyne começam a falar da tia, David me puxa discretamente de lado:

— Meus parabéns! Eu achava que era o único homem da sua vida e, em vez disso, descubro que tenho um rival justamente no dia do meu casamento — diz rindo.

— Achou que tivesse exclusividade? — rebato.

— Confesso que, embora você estivesse me deixando quase louco, não há mulher no mundo que tenha feito com que eu me sentisse tão importante como você, e o fato de que agora você tem outra história me deixa um pouco enciumado.

— E precisou se casar para entender isso?

— Às vezes, nós, homens, somos um pouco lentos.

— É, eu sei; sempre leio a *Cosmopolitan*.*

— Seja como for, saiba que Edgar é um homem que estimo muitíssimo e é ideal para uma maluca como você.

Gostaria de lhe dar um tapa, mas estou realmente feliz por ele, embora não tenha certeza de que ele tenha se dado bem como eu.

Os noivos se afastam; então, Edgar e eu ficamos sozinhos e desatamos a rir.

Nos saímos muito bem.

Ed me convida para dançar, e passamos uma noite inesquecível.

---

* Revista feminina. (N. T.)

Estou morta de cansaço, bêbada, mas feliz. Sentamo-nos num pequeno sofá, tiro os sapatos, apoio a cabeça no ombro de Edgar e digo com voz empastada:

— Echtou felich porque não o amo maich.

— Eu também estou feliz.

Abro os olhos antes de o despertador tocar e fito o teto por cerca de dez minutos, pensando em tudo o que tem acontecido ultimamente.

A primeira sensação que me invade é a de uma paz total. Sinto-me livre e feliz, em harmonia com o universo. Geralmente, quando formulo um pensamento do gênero, acabam ocorrendo catástrofes. Mas já sucedeu de tudo nesses seis meses, então, o que mais pode acontecer?

Bom, não vamos desafiar a divina providência em um momento de bonança.

Estou aproveitando os últimos minutos na cama, pensando que David e Evelyne devem estar partindo para a viagem de lua de mel. David estava bonito mesmo ontem à noite, mas, pela primeira vez, senti de fato que nunca foi meu, e certamente é melhor assim.

Quando os noivos foram embora de carruagem, ele virou e piscou para mim. Parecia a cena final de O *casamento do meu melhor amigo*.

Edgar e eu nos divertimos até não poder mais. Sempre me divirto quando estou com ele, que me deixa ser eu mesma sem nunca me julgar.

A cena mais divertida foi quando o velhinho babaca que ficava gritando "Viva os noivos!" me pediu para dançar com ele, e, no final, conseguiu pôr a mão na minha bunda, dizendo em italiano:

— *Che bel culo che hai, Maria!**

Foi muito engraçado!

Enquanto me arrumo, fico ruminando o final que ainda devo encontrar para o romance.

Dia após dia, em seu jardim dos ex, Caroline percebe cada vez mais que, por mais que seu marido fosse uma verdadeira cruz para carregar, não era nada em comparação com seus hóspedes.

Thierry é viúvo. Desde que sua mulher morreu, não faz mais nada sozinho. Recusa-se até a amarrar os sapatos. Quando come queijo, manda que alguém corte para ele, para não sujar as mãos. Eis por que sua filha o deixou vir com tanta boa vontade...

Jean Luc é um solteirão inveterado que lhe dá mais trabalho do que todos os outros.

Apesar dos seus 70 anos, de uma próstata que incomoda muito e da dentadura reluzente, está sempre tentando ficar sozinho com ela e beijá-la quando ela está com as mãos ocupadas.

Eric e Bertrand são homossexuais não declarados e convivem há vinte anos como no filme A gaiola das loucas. *Muito ciumentos um do outro, ficam de picuinha como namorados.*

Robert é um doente imaginário, convencido de que vai morrer na primeira dorzinha.

Por fim, Pascal, um deprimido, com picos obsessivo-compulsivos, acende e apaga a luz cinco vezes antes de se deitar.

---

* Que bela bunda você tem, Maria! (N. T.)

Essa pobre Branca de Neve deve ter passado por maus bocados!

Logo Caroline se dá conta do enorme erro, mas, a essa altura, o compromisso está assumido.
Trata-se de resistir um mês, e, armada de coragem e paciência, às vezes como uma mãe, outras como uma enfermeira, alivia dores, embala as almas inquietas e consegue restituir confiança a esses homens perdidos, salvando-os de si mesmos.

Agora preciso de um final.
Enquanto desço, ouço Sandra dizer a Mark (que, a essa altura e para todos os efeitos, se tornou o pai):
— Quando a menina completar seis anos, quero dar uma festa bem bonita, como fazia minha mãe quando eu era pequena; uma festa cheia de bexigas coloridas e presentes para todos. Peter e minha mãe inventavam uma porção de brincadeiras, e quando chegavam os pais das outras crianças para buscá-las, ninguém queria ir embora!
Et voilà!
Eu poderia fazer com que, no último dia da permanência no jardim, os filhos, as ex-mulheres e os irmãos viessem buscar os hóspedes anciãos de Caroline, como acontece nas festas infantis, quando vai ficando tarde e os pais chegam todos ao mesmo tempo para levá-los para casa.
Assim, eu criaria um paralelismo entre o final da festa e o final da vida.

Os parentes os encontram tão maravilhosamente mudados que não acreditam nos próprios olhos: revigorados mais do que após um banho na piscina de Cocoon, *tanto que tentam convencê-la a ficar mais um pouco com eles.*

Caroline atingiu seu objetivo, fez seu balanço.

Está cansada, mas serena e em paz consigo mesma.

Ao fechar lentamente a porta às suas costas, também fecha a porta de seu passado.

O silêncio caiu de repente e é quase reconfortante.

A sala é envolvida pela penumbra. Do lado de fora, a chuva cai.

Senta-se na poltrona, no centro do palco; respira profundamente e sorri.

Por fim, dirige-se em voz alta a Hubert, dizendo:
— *Até que a morte nos separe.*

Cai o pano!

Caramba!

Estou me sentindo inteligente.

Não apenas terminei o romance, como também já o adaptei para o teatro.

Será que estou começando a crescer? É mesmo o momento certo para sofrer um ataque de pânico. Estou toda emocionada.

Só me resta escrevê-lo e estará pronto. Se Edgar não me tivesse incentivado, certamente eu ainda estaria tentando encontrar um milhão de desculpas para não terminá-lo.

Preciso dizer isso a ele imediatamente!

Ligo para o hotel, mas me dizem que não podem me transferir porque pediu para não ser incomodado por ninguém.

Fico um pouco desiludida. É verdade que ontem à noite voltamos tarde, mas por que não posso incomodá-lo nem um pouquinho?

Tento insistir, mas o recepcionista é firme. Terei de ligar mais tarde.

Saio para ir ao trabalho e já estou menos feliz do que antes. Por que basta tão pouco para estragar meu humor?

Na verdade, não sei quase nada sobre esse homem. Nem sei exatamente o que veio fazer aqui em Nova York, a não ser pelos negócios e pelo casamento que, de todo modo, era secundário.

Chego à loja, e as tias não veem a hora que eu lhes conte todos os detalhes. Fazem mil perguntas sobre como estava vestida a noiva, como eram o bufê, as flores, a música; se havia esta ou aquela celebridade e quem pegou o buquê.

A única pessoa que reconheci foi Jenna Elfman, atriz que interpreta Dharma em *Dharma e Greg* e que me faz morrer de rir. Parece que é uma velha amiga da noiva.

E o buquê... bom, o buquê, agora que estou pensando... fui eu que peguei.

OITO

O dia foi alegre e passou voando, mas fiquei com aquela sensação estranha por não ter conseguido falar com Edgar.

Tentei mais duas vezes também em seu celular, mas ele não atende mesmo.

Só me resta esperar que apareça.

Estou ansiosa, me sentindo abandonada, embora talvez eu esteja exagerando. Não sei o que está fazendo nem onde se encontra, e, sobretudo, pela primeira vez me pergunto: com quem estará?

E se estiver com uma mulher?

Teoricamente, eu não deveria me importar nem um pouco com isso, só que estou me importando, e como.

Não é possível que eu esteja com ciúme!

Passamos dois meses tão perto um do outro que nunca tive a oportunidade de sentir sua falta. Embora eu sempre o tenha considerado um homem extremamente fascinante, nunca ousei pensar em poder ter um caso com ele.

Talvez por ser um homem de tamanha experiência que nunca perderia tempo com uma mocinha um pouco confusa como eu.

Talvez ele só esteja interessado no romance, e depois nunca mais o verei.

Ou então é casado e tem filhos na Escócia.

Nunca lhe perguntei, ou talvez me tenha dito, mas eu estava tão ocupada pensando em mim, como sempre, que toda a sua vida me escapou por completo.

Sou uma egoísta.

Uma egoísta sozinha. E abandonada.

Em casa, pergunto a Sandra se há algum recado para mim.

— Para você, não, mas para o Mark, pelo menos uns 15! Me fizeram de telefonista: "Pode dizer ao Mark para me encontrar na Saks? Ah, não, antes lhe diga que tenho uma hora marcada com meu advogado e que nos vemos diretamente no Nobu, depois... não, talvez eu faça isso antes do jantar, então lhe diga que nos vemos no Morgan's... Não, me esqueci do shiatsu..." Estou até tonta com todos esses nomes. Por que será que são tão agitados?

— E o Mark, onde está?

— Tomando banho, claro!

Portanto, mesmo que Edgar quisesse ligar, o telefone só daria ocupado...

Não sei dele há quase 24 horas; isso não faz o seu gênero. No fundo, sabe que o procurei porque deixei sete recados para que me ligasse. Será que aconteceu alguma coisa com ele? Será que está com algum problema? Da preocupação passo à raiva só de pensar que não sou importante o suficiente para ele.

Tento ser racional, mas já não consigo; o pânico tomou conta de mim. Passo a tarde com os ouvidos atentos ao telefone e tenho um sobressalto sempre que toca, mas nunca é ele.

Tento seguir em frente com o romance, mas não estou concentrada, e sou tomada por toda espécie de dúvida sobre gramática.

Só me resta ir para a cama e deixar o telefone ligado, como nunca faço, mas acabo de declarar estado de emergência nacional por desabamento de certezas!

A cada duas horas acordo para controlar se entraram chamadas ou mensagens; sinto-me uma perfeita débil mental, mas é mais forte do que eu.

Durmo muito mal. Acordo com dor de cabeça e mau humor.

Não chegou nenhuma mensagem.

Só o perdoarei se estiver em coma ou se tiver sido feito refém, mas, nesse caso, o teria visto na televisão, e no vídeo dos sequestradores ele deveria dizer: "Me desculpe, Monica, se não pude ligar para você!"

Tudo bem, vou fazer de conta que não aconteceu nada; afinal, não estou apaixonada por ele, estou?

Portanto, pouco me importa se não liga; tenho outras coisas em que pensar.

Sim, mas o quê?

Cá estou no metrô. Faz um dia inteiro que não tenho notícias dele. Estou me sentindo aflita e desconsolada.

Observo as outras pessoas a meu lado no vagão e me pergunto em que estarão pensando.

No metrô, todos sempre têm o olhar perdido, homologado e resignado.

Não se distingue quem está triste de quem está feliz; a luz néon nivela todos os sentimentos.

Todos trazemos alguém no coração, mesmo que não sejamos correspondidos. Imaginamos contar-lhe coisas que nunca lhe diremos; o tornamos participante de todas as besteiras que passam por nossa cabeça, esperando que entenda e responda como esperamos, mas, na realidade, quase nunca é assim. Cada um percebe as coisas a seu modo.

Preciso aprender a agir sozinha. Acabei me apoiando muito nessa pessoa, e, agora que se afastou, me fez perder o equilíbrio.

Enquanto caminho rumo à loja, meu celular toca. É Edgar.

Meu coração dá um salto, e sinto o estômago apertar-se. Atendo.

— Oi, Monica! Estava me procurando? — diz em tom apressado.

— Eu? Bom, oi, Ed... eu... estava sim; liguei para você várias vezes, mas ontem foi... impossível encontrá-lo!

Tento esconder minha ansiedade com alguma frase espirituosa e sinto que minha vontade era gritar-lhe alguma coisa do tipo: "Onde é que você se meteu, porra? Eu estava morrendo de preocupação!"

Mas não o faço porque fico desorientada com sua fala seguinte:

— Pois é, eu estava muito ocupado ontem e tive algumas reuniões. Estava precisando de alguma coisa?

Eu queria dizer: "Sim, estava precisando de você. Queria que você ouvisse o final do meu romance e me fizesse uma porção de elogios. Queria que você me abraçasse e me levasse para jantar fora!"

Em vez disso, digo:

— Não, de nada em particular... só queria saber como você estava.

— Tudo bem; agora preciso ir. Nos falamos em breve. E você, trabalhe duro com o romance, está bem? Tchau.

E desliga.

Foi pior do que uma punhalada.

Teria sido melhor se não tivesse me ligado.

Cortou-me da sua vida.

O que lhe fiz? Estava tudo indo tão bem. Éramos amigos, nunca se passou um só dia em que eu tivesse ficado sem saber dele, em que ele deixasse de me perguntar como eu estava, ou como estavam os meninos, ou como tinha sido o trabalho.

Então é assim, sou um business para ele, um meio de fazer dinheiro.

Então por que me levou ao casamento? No fundo, lá estava uma parte da sua família, que agora pensa que estamos juntos.

Talvez ele nem pense nisso. Deve ser um daqueles que logo se cansam das novidades e esquecem você de um dia para o outro. Sorte dele.

Como eu queria ter nascido insensível! Certamente teria tido muito mais sucesso na vida e não estaria aqui chorando por um cara que apareceu do nada e ao nada voltou, e talvez já tivesse uma carreira encaminhada, levada adiante sem escrúpulos.

Para me encorajar, penso que cedo ou tarde isso vai passar e que esta também é uma lição a ser aprendida.

Mas, no final, o que faço com essa coleção de lições a serem aprendidas?

Encaderno-as e vendo-as como um curso de inglês?

Talvez até com as fitas e o CD-Rom.

Lição 1: "Nunca confie nos homens noivos há dez anos e em crise."

Lição 2: "Nunca confie nos homens que dizem 'te amo' após 24 horas."

Lição 3: "Nunca confie nos homens maduros."

Lição 4: "Nunca confie nos homens."

* * *

Quando saio do trabalho, são quase cinco da tarde, e estou me sentindo tão desalentada que começo a andar sem rumo pela cidade.

Aqui na América há um ditado que diz: "*There's no place like home*", não há lugar no mundo como a casa da gente. Onde está seu coração, onde estão seus afetos, seus "morangos silvestres",* um lugar sem o qual mesmo a paisagem mais bonita do mundo se torna fria e hostil.

É assim que sinto Nova York hoje. Não é minha casa; estou aqui apenas de passagem.

A questão é que me escapam completamente as coordenadas desse projeto.

Enquanto caminho, percebo que cheguei perto do cemitério onde Helen foi enterrada.

Não volto ali desde o dia do funeral, e estou mesmo com vontade de falar com ela.

Ela me faz muita falta.

Pego dois cafés em um bar e vou deitar-me na grama, junto à lápide.

É um cemitério pequeno e tranquilo, e a essa hora não há ninguém. Deitada aqui, experimento uma grande sensação de paz. O céu está límpido, e o sol está se pondo, colorindo todos os edifícios de rosa.

— Oi, Helen — digo em voz baixa —, trouxe um café para você, como quando ficávamos juntas no balanço. Sinto sua falta, sabe? Você era a única e verdadeira guia para mim, e agora que estou confusa e encrencada, não sei mesmo a quem recorrer... Você acha que estraguei tudo também desta vez? Com o Edgar, quero dizer... Você me disse para ser eu mesma,

---

* Referência ao filme de Ingmar Bergman. (N. T.)

e ele, de repente, sumiu... Em resumo, em um mês perdi as duas pessoas de quem eu mais gostava, e agora estou me sentindo muito sozinha e assustada.

— Oi, menina! — diz uma voz atrás de mim.

Sento-me em um impulso.

— Helen! — grito e cubro a boca.

— Que cara a sua, parece até que viu um fantasma! — Ri.

— Helen, é você mesmo?

Ela se senta a meu lado e pega o café quente com ambas as mãos.

— Que falta senti disto... — murmura. — Vim aqui só para te dizer para não ter medo, porque você não está errando. Há muito amor ao seu redor, e você só precisa prestar mais atenção nos sinais. Tem de ouvir mais atentamente o coração dos outros, mas vai ver que tudo irá sair como deve ser.

Enquanto fala, desce-me uma grande lágrima pela face, que Helen enxuga com a mão. Seu toque me parece impalpável como açúcar de confeiteiro.

Acordo de sobressalto.

Que horas são? Devo ter sonhado.

O sol já se pôs, o vento se levantou e estou com frio.

Que estranho. Não encontro o café que eu tinha colocado sobre a grama. Alguém deve ter pegado.

Passo a mão na face tocada por Helen. E a busco com o olhar na escuridão, mas ela não está.

Entro na cozinha com ar circunspecto e, franzindo a testa de modo bastante misterioso, digo:

— Meninos, preciso contar a vocês uma história inacreditável.

— Depois do episódio do seu almoço dado ao cachorro, já não há muita coisa que me surpreenda em relação ao que acontece nessa loja — responde Mark, continuando a fatiar cenouras.

— Não, não tem nada a ver com o trabalho. Acho que tive uma experiência paranormal.

Silêncio por um instante.

Nem me deram tempo de iniciar a frase e já começaram a rir, primeiro baixinho, depois cada vez mais alto.

Não acredito. Estão rolando no chão de tanta risada. Literalmente.

Não sou levada a sério nesta casa, isso está claro.

— Mas que coisa! Juro a vocês que é verdade! Por que não querem acreditar em mim? — choramingo.

Mas estão rindo tanto que decido bancar a ofendida e saio com o queixo erguido, dizendo:

— Um dia vocês vão me suplicar para saber o que aconteceu, e eu não vou contar!

E fecho a porta.

Depois de um segundo, lá vêm os dois me seguindo pelas escadas, de mãos juntas, implorando:

— Ah, vai, por favor, conte o que aconteceu... pegou o metrô certo?

— Não, acho que, quando ela chegou ao trabalho, devem tê-la cumprimentado!

— Que infelizes! Claro que não, é uma coisa séria, juro!

— Tudo bem, tudo bem — diz Sandra. — Trégua! Desculpe, mas é que fomos ao curso de pré-parto e o Mr. Souumarocha aqui desmaiou duas vezes quando falaram de pontos e placenta. Agora está descarregando a tensão!

— Então vão me ouvir agora?

— Vamos, sim — respondem em coro.

Sentamos os três na escada, e começo a falar do estranho sonho que tive no cemitério. Naturalmente, o incremento com detalhes ainda mais misteriosos. Afinal de contas, sou uma escritora, e, depois, riram da minha cara até agora.

— Então — começo —, estava sozinha no cemitério. O vento fazia as folhas secas voar, e no ar se sentia um cheiro adocicado, como de musgo. A certa altura, comecei a ouvir umas batidas surdas, vindas de uma lápide próxima, como se alguém precisasse de ajuda e quisesse sair. Me aproximei e ouvi uma voz muito profunda e lamentosa chamar meu nome, com um fio de voz... "Moonica"... depois, silêncio... "Monicaa"... e novamente silêncio. E enquanto me levanto para pedir ajuda, uma mão putrefata pega meu braço e grita: "DEEESÇA COMIGOOO!!"

E pego o braço de Mark, que grita aterrorizado e esconde o rosto entre as mãos.

Sandra e eu choramos de rir. Deixá-lo com medo é realmente brincadeira de criança!

— Babaca! — diz.

— Ah, vai, não fique bravo, agora estamos quites!

— Vai, diga a verdade, o que aconteceu de estranho? — pergunta Sandra.

Conto a verdadeira versão do sonho que me deixou uma sensação estranha.

Era como se a mensagem fosse cifrada: "As coisas sairão como devem ser."

Ou seja, como? Bem ou mal?

E aquele carinho que parecia um sopro, um sopro frio?

— Provavelmente alguém passou, pegou o café e fez um carinho em você, talvez para checar se você estava viva — diz Mark.

— Claro, acho que seja a explicação mais lógica, mas o que não consigo entender é que eu estava perfeitamente acordada enquanto conversava com Helen, e não me lembro de ter sequer bocejado.

— Já nós, no Caribe, acreditamos muito nos espíritos e levamos suas mensagens muito em conta. Você deve se considerar felizarda se lhe aconteceu isso. Agora ela é seu anjo da guarda. Nem todo o mundo pode conhecê-lo.

E cai sobre nós três um silêncio carregado de interrogações.

— Vocês conhecem a história da moça que pedia carona? — pergunto.

— Aquela que deixa o cachecol no carro do cara que lhe dá carona e quando, no dia seguinte, ele vai devolvê-lo para ela, dizem-lhe que ela morreu há três anos? — diz Sandra.

— Chega, meninas, do contrário vou dormir com vocês esta noite.

Abrimos uma garrafa de vinho e, ainda na escada, contamos todas as histórias de fantasmas que conhecemos.

Eu não fazia isso desde os 16 anos, e o mais incrível é que tenho medo exatamente como naquela época.

Quando chega a hora de ir para a cama, não temos sequer coragem de escovar os dentes sozinhos e... acabamos dormindo na cama grande de Sandra.

Mark ronca como um urso-pardo, com o nariz cheio de muco.

Nunca ouvi uma coisa tão horripilante. Tentei de tudo para fazê-lo parar, sussurrando-lhe "Pss! Pss!", chutando-o. Também tentei virá-lo, para que ficasse de lado, mas nada. Fui obrigada a desafiar as forças do mal e voltar a dormir no meu quarto.

Mas com a cabeça debaixo das cobertas.

Quando acordei, me senti muito melhor. Descobri que, se falo com alguém quando estou preocupada ou triste, o problema assume um aspecto diferente, torna-se menos sério, e percebo que existem outras explicações plausíveis além da minha.

Quanto a Edgar, não vejo muitas outras, mas talvez eu esteja enganada.

Se na vida você só espera o pior, terá sempre e apenas o pior, mas já estava sabendo.

Por outro lado, se espera o melhor e depois dá errado, acaba ficando muito mal.

Não sei o que é mais conveniente: se fingir que acredito que dá errado e lá no fundo esperar que dê certo, ou deixar-se levar por um total pessimismo cósmico.

Na caixa de correio há duas cartas para mim.

A primeira diz:

> Queridos Monica e outros,
> já passou certo tempo, mas espero que ainda se lembrem de mim. Não foram poucos os incômodos que causei a vocês tempos atrás por conta do meu problema com o álcool, e queria muito que soubessem que estou seguindo a terapia com muita seriedade e que está indo tudo bem.
>
> Vou sair daqui a algumas semanas e gostaria muito de revê-los.
>
> Garanto que sou completamente inócuo!
>
> Mandem notícias, é muito importante para mim.
>
> Com afeto,
> Jeremy

Mas, veja só, é Jeremy, o louco!

Bom saber que em breve estará em liberdade e que a primeira da lista entre suas vítimas serei eu. Talvez venha me matar em uma noite em que toda a vizinhança estiver fora festejando o santo patrono e, enquanto a banda estiver passando, ninguém vai me ouvir berrar!

Fico contente que esteja bem, mas não estou a fim de encontrá-lo de novo.

Pelo menos, não sozinha. Realmente levei um belo de um susto naquela noite e, quando volto a pensar nisso, ainda fico arrepiada.

Se por "outros" também entende aquela besta do Julius, que o arremessou escada abaixo, admito que é corajoso!

A outra carta diz:

    Vou passar para pegá-la amanhã de manhã, às 6. Ponha uma roupa confortável e traga o pijama.

    P. S. Não são permitidas perguntas até o destino.

Ed

Ed?

NOVE

ão 5h51 e estou sentada na mureta de casa. Embora seja final de abril, continua fazendo frio, e um turbilhão descontrolado de pensamentos misturados está girando como um redemoinho na minha cabeça:

1) Para onde vai me levar?
2) Quem pensa que é para desaparecer assim por uma semana e achar que vou estar prontinha assim que ele estala os dedos?
3) Por que estou prontinha assim que estalou os dedos?
4) Por que estou me sentindo tão estranha com a ideia de revê-lo?
5) Outras alternativas.

Cá está ele, pontualíssimo, em um Range Rover cinza-chumbo.

Está vestindo um pulôver verde-militar de gola alta e jeans descoloridos. Eu tinha esquecido como é bonito.

Só que estou brava e não consigo esconder, apesar da minha intenção de fingir que nada aconteceu.

Desce do carro e logo vem me abraçar; um longo abraço, bem forte e intenso, no qual me perco literalmente.

— Por que você sumiu? — sussurro em seu ouvido.

— Explico tudo no caminho.

Estou um pouco confusa. Gostaria de estar feliz, mas me dou conta de que não o conheço direito e já não estou à vontade como antigamente.

Em certo sentido, Ed me decepcionou, e o instinto me diz para não confiar mais nele.

Partimos e, nos primeiros minutos, estamos bastante sem graça. Faço alusão à temperatura e tento fazê-lo dizer aonde está me levando.

— Nada de perguntas. Lembre-se do combinado.

Liga o rádio e sintoniza em alguma coisa que me parece Oscar Peterson.

Uma leve música de fundo que creio deva acompanhar uma longa explicação.

Estou um pouco nervosa. Não sei o que me espera.

— Monica, tenho uma porção de coisas para explicar a você...

Pronto.

— Não sou muito bom para falar de mim, mas vou tentar ser claro. Quero que você possa confiar em mim, por isso devo colocá-la a par de algumas coisas importantes a respeito da minha vida; do contrário, você não vai conseguir entender. Fui casado por oito anos. Tinha trinta e três na época, era jovem, mas não muito, e sinceramente achava que seria para sempre.

"Já estávamos juntos havia seis anos. Sabia que ela fazia questão de se casar. Eu estava bem daquele jeito, mas, para deixá-la contente... dar-lhe mais segurança... um dia lhe pedi em casamento.

"Estávamos no supermercado. Me lembro até hoje. Ela me perguntou o que eu queria para o jantar, e eu respondi: 'Quero que você se case comigo.' Ela me fitou por alguns segundos, para saber se eu estava brincando. Abaixou os olhos sorrindo, deixou cair as compras e me abraçou com força.

"Eu também estava feliz com a ideia.

"De todo modo, tínhamos passado no teste.

"Nos conhecemos em Londres, durante a apresentação de um livro tão chato que começamos a bocejar, e ficamos com tanta vontade de rir que nos puseram para fora.

"Em menos de um mês, já estávamos vivendo juntos. Alugamos uma quitinete em Londres, onde me encontrava com ela assim que podia quando vinha de Edimburgo.

"Estava tudo indo às mil maravilhas. Estávamos muito apaixonados. Era bom demais para ser verdade.

"Ela me cobria de afeto, me tranquilizava, protegia. Eu não podia imaginar um só dia sem ela. Depois de casados, as coisas começaram a ir mal.

"Minha mulher queria mais estabilidade, uma casa de verdade, família. Queria que eu fosse mais presente.

"Eu ainda tinha a velha casa do meu pai, no interior da Escócia, e lhe propus que mudássemos para lá. Ela pareceu radiante com a ideia. Me disse que sempre tinha sonhado viver em uma casa grande e ter muitos filhos. Eu não estava pronto para ter filhos, mas dizia que, cedo ou tarde, seria normal e justo formar uma família.

"Ainda não sabia que todos aqueles que moram na cidade sempre dizem que querem viver no campo com um cachorro e muitas crianças.

"Naquele momento, a editora estava em crise, e não tínhamos muito dinheiro. Não precisávamos pagar aluguel, mas as despesas para manter aquela casa com um mínimo de decência eram muito grandes para nós.

"Para piorar as coisas, havia minha mãe, que sempre foi uma mulher muito intrometida. Depois da morte do meu pai, como já não tinha ninguém para torturar, desembarcava a qualquer hora na nossa casa quando eu não estava, e sempre encontrava uma boa razão para criticá-la.

"Por muitos meses minha mulher não me disse nada, depois começou a ficar cada vez mais deprimida e nervosa.

"A vida no campo pode ser um tédio devastador se você não anda a cavalo nem joga golfe. Além do mais, chove quase todos os dias. Ela começou a odiar aquele lugar e a me odiar por tê-la levado para lá.

"Eu voltava para casa à noite e a encontrava sentada no sofá com os olhos inchados, desleixada, às vezes ainda de pijama.

"Olhava para mim com uma tristeza infinita, como do fundo de um poço... implorando minha ajuda com os olhos... mas sem falar comigo. Eu ficava louco porque não sabia o que fazer por ela; queria ajudá-la. Mas... como?

"'Fale comigo, porra!', era o que eu lhe gritava às vezes. 'Fale comigo... me diga o que quer que eu faça!'

"Eu sacudia seus ombros: 'Volte a trabalhar, saia; vamos fazer uma viagem... O que você quiser... mas volte a sorrir... por favor...'

"E ela, por um instante imperceptível, voltava a ser aquela de sempre, para depois ter outra recaída.

"Assim, começamos a brigar cada vez mais e pior. Ou melhor, eu brigava.

"Ela chorava. Em queda livre.

"Saiu de casa um dia, quando eu estava fora.

"Me deixou um bilhete, dizendo que ia embora, que não conseguia se abrir comigo e que, se eu não tinha entendido o que ela queria em todos aqueles anos, nunca mais entenderia.

"Procurei por ela como um desesperado por dias e dias, até que a polícia me disse que haviam encontrado em uma vala um carro com uma mulher, que correspondia à descrição da minha esposa.

"Precisei ir ao necrotério para reconhecê-la.

"Era ela. Ainda de pijama, os cabelos sujos de sangue...

"Você acredita se eu lhe disser que ainda sinto um aperto no estômago? Nunca vou esquecer aquela cena.

"O carro acabou derrapando e caindo em uma vala.

"Ela não queria nem mesmo morrer, mas certamente já não queria viver. Não daquele jeito e não comigo.

"Isso aconteceu cinco anos atrás."

Ficamos em silêncio por alguns minutos.

— Edgar, sinto muitíssimo; não sabia de nada disso.

Ouvi essa história com um nó na garganta, e agora estou buscando palavras de conforto, mas não encontro nenhuma. Sinto-me impotente.

— Foi o golpe mais atroz da minha vida. Meses depois da sua morte, sua irmã me disse que, no passado, ela havia sofrido crises de depressão, mas ninguém me tinha dito nada porque a viam serena.

— E o que você fez então?

— Fiquei frio. Mergulhei no trabalho, preenchendo meu dia com compromissos para não pensar em nada e, como se faz nesses casos para anular a dor quando ela se torna intensa demais, comecei a beber.

"Um dia, no carro, quase atropelei uma menina. Por causa do susto, parei imediatamente de beber. E pedi ajuda.

"Trabalhei muito sobre mim mesmo, principalmente para superar o sentimento de culpa que não me deixava viver, as crises de pânico e toda aquela dor. Os amigos ficaram por perto, e aos poucos reencontrei um novo equilíbrio.

"No que se refere à minha vida sentimental, não tive mais nenhuma relação séria, só alguns casos sem importância. Não me sentia pronto. Tinha a sensação de estar traindo minha mulher.

"Até que um dia entrei na sua loja e você estava lá. Não sei por quê, mas desde então não parei de pensar em você, no seu sorriso, nos seus olhos, nas suas expressões. E depois, você é verdadeira, docemente inquieta, sensível... e me faz morrer de rir."

— Não queria decepcionar você, mas tenho uma porção de defeitos. Por exemplo, sou alérgica a gatos e meu louro não é natural.

— Então desça!

Ainda bem que estamos brincando, pois a atmosfera já estava ficando pesada.

Estou completamente transtornada por causa dessa avalanche de confissões, mas devo admitir que esse novo Edgar, que decidiu partilhar comigo sua imensa dor, é até melhor do que aquele de antes, que eu tendia a ver como um super-homem.

— Quando fomos ao casamento e todos me perguntaram sobre você, fazendo-me mil elogios porque te acharam fantástica, me senti o homem mais feliz da Terra, ainda que não estivéssemos juntos. Mas, quando você me disse que o objeto dos seus desejos era David Miller, senti o golpe.

"Também achava que, por nunca ter te confessado meus sentimentos, não podia pretender que você retribuísse e aproveitei para fazer uma viagem que havia programado alguns meses atrás, para me afastar por alguns dias de Nova York. Pelo menos para ver se você sentia minha falta.

"Acredite: não foi nada fácil não atender quando você me ligava ou fingir que estava indiferente.

"A viagem em questão, e agora chegamos ao ponto, é a que estou fazendo de novo e agora com você. A Cornish."

— À casa de Salinger???!! — grito.

— Isso mesmo. E como é realmente uma complicação chegar lá, fui sozinho para aprender o caminho e depois te levar.

— Você está brincando! Faz um tempão que estou querendo ir até lá!

Pulo no colo dele, e por pouco não saímos da estrada.

Esse homem conseguiu virar de cabeça para baixo todas as minhas certezas. Em primeiro lugar, aquela de que os homens de três continentes não prestam — dos outros dois, nunca experimentei!

Até ontem eu estava convencida de que ele não queria saber de mim e, em vez disso, vejam só o que estava tramando.

Meu coração está explodindo de alegria, e estou tão emocionada que não sei o que dizer.

— Para concluir, seus amigos de apartamento sabiam de tudo, e, se você precisasse de mim, eu voltaria a qualquer momento.

— O quê? Aqueles dois sabiam de tudo e não me disseram nada? — pergunto muito indignada.

— Não podiam, estavam sob juramento.

— Ed, você é um mito!

— Eu sei.

Agora estou bem de novo. Estamos viajando há cerca de três horas, e me sinto relaxada e serena.

Estou protegida novamente.

Adoro seu modo de tamborilar delicadamente nos lábios enquanto dirige.

Começamos a cantar nossas canções preferidas, apostamos quem conhece mais músicas de Christopher Cross e de Bill Withers, e descobrimos que adoramos Ben Harper.

— Conseguiu ver Salinger quando foi até lá no outro dia?

— Não. Ao que parece, sai muito pouco. Dei uma sondada na região, mas não é muito visto. Já deve estar com 83 anos.

— Que estranho. Tenho a sensação de que estou para me desiludir... Você imagina conhecer o autor porque partilha seus pensamentos; depois o conhece e talvez... dispare em você à queima-roupa.

— Pois é, parece que é muito agressivo, lunático; e depois, faz trinta anos que já não publica nada. Visto assim, perde muito do seu fascínio... Vou lhe dizer mais: parece que *O apanhador no campo de centeio* é um dos romances mais lidos pelos serial killers!

— Então estou encrencada! — digo rindo.

— Você não tem mais salvação, minha cara!

— Você se lembra daquela noite em que nos encontramos do lado de fora do bar onde Sandra e Julius estavam cantando e você me disse que, quando uma pessoa acha que caiu do precipício, há sempre alguém pronto para pegá-la no ar?

— Claro que me lembro.

— Sabe que você disse a característica de Holden que mais me agrada?

— Para mim também é genial. Como era exatamente? A irmãzinha lhe pergunta o que ele quer fazer na vida, e ele diz que gostaria de estar na beira de um despenhadeiro, onde milhares de meninos jogam uma partida em um imenso campo de centeio, e de pegar no ar aqueles que estão para cair lá embaixo.

— Naquela noite entendi que era você o meu "apanhador"!

Estou feliz. Esta viagem é lindíssima. Estamos atravessando Vermont, que é um lugar encantador, cheio de verde, de lagos e de casinhas de madeira.

Passamos por uma ponte de madeira que parece infinita e chegamos a Cornish, onde Salinger vive em algum lugar.

Margeamos o rio, deixamos para trás um velho moinho e depois um pequeno cemitério de interior.

Uma velha escola de madeira, outras fábricas, uma longa fila de árvores, até chegarmos a um velho celeiro vermelho, e subimos por uma estrada de terra que não acaba mais.

Ainda bem que ele sabe aonde estamos indo; do contrário, eu deveria ter tirado uma semana de férias.

Finalmente chegamos ao cume de uma colina, de onde — ai, meu Deus — vemos a casa.

— Está vendo aquela casa no topo da colina da frente? Aquela é a casa dele, e todos estes hectares de terreno que nos separam são dele também.

— Mas está tão longe! — digo um pouco decepcionada.

— É verdade, mas estamos aqui para entregar a ele a sua carta; portanto, é bom criarmos coragem porque vamos ter de chegar até sua caixa de correio e, não estou brincando, estamos arriscando a vida! Vamos, venha!

— Mas o que podem fazer com a gente?

— Tecnicamente, Salinger tem todo o direito de atirar em nós à queima-roupa porque estamos em sua propriedade, e vou te dizer que, no passado, já fez isso!

— Mas então eu tinha razão. Estamos correndo perigo!

Pronuncio essas frases de filme série B uma após a outra, mas sinceramente estou com muito medo de levar chumbo.

— É o preço a pagar por um sonho a ser realizado! — diz Edgar.

Chegamos à estrada que leva à colina, e uma placa ameaçadora de propriedade privada nos intima a não prosseguir, mas vamos em frente.

Estou com um medo enorme. Será que não dava para telefonar para ele?

Que ideia de jerico!

— O que foi, Monica? Faz 15 minutos que não fala — zomba Edgar.

— Está me provocando? Estou cagando nas calças, juro! Espero que ele não nos veja.

Após uma subida de dez minutos, chegamos diante da casa.

Foge-me totalmente o motivo desta missão suicida, mas, pelo que lembro, fui eu a querê-la; portanto, não me resta outra coisa a não ser criar coragem.

Tiro da mochila o envelope azul, abro-o e releio o bilhete uma última vez.

É como dizer adeus a uma velha amiga, como fechar um capítulo da própria história e, se não me apressar, poderia ser como dizer adeus ao mundo...

Me aproximo bem lentamente e coloco a carta dentro da caixa. Ainda bem lentamente volto para Ed, e permanecemos um instante fitando a casa, que é um pouco decadente e triste, como seu proprietário. Ao lado há uma espécie de quartinho, onde provavelmente ainda escreve.

Enquanto estamos ali parados, observando, a porta do quartinho se abre, e dele sai um velho senhor muito alto, vestido com roupa de trabalho e que caminha com uma bengala.

Logo o reconheço. Embora suas fotos sejam muito antigas, é ele, J. D. Salinger.

E talvez agora nos mate.

Olha-nos um pouco perturbado, e estamos prontos para explicar-lhe o motivo da nossa visita e a sair correndo de imediato, mas ele não tem um ar hostil; ao contrário, parece incrivelmente cansado.

Deve ter me visto colocar a carta na caixa, e agora está indo abri-la.

Edgar segura minha mão há alguns minutos, e é um momento emocionante para nós dois. Nunca iríamos pensar em vê-lo tão de perto.

Abre a carta com certa dificuldade — parece que suas mãos estão tremendo — e lê.

Olha-me por um longo momento.

Faz-me lembrar um velho leão, cansado mas orgulhoso. Inclina a cabeça para o lado, depois me sorri e pronuncia entre os lábios as palavras "eu é que agradeço"; depois, acena com a mão e vai embora.

Ficamos perplexos.

Foi a experiência mais fantástica do mundo. Vou falar dela aos meus netos, aos netos de todos os meus amigos e até àqueles dos inimigos. Todos devem saber o que vivenciamos hoje.

Ainda estamos chocados e, ao descermos a colina, não fazemos outra coisa a não ser rir para descarregar a adrenalina.

Quando chegamos embaixo, olhamos para cima uma última vez. Edgar pega minhas mãos e pergunta:

— Está feliz?

— Estou muito feliz!

Dito isso, nos olhamos por alguns longos segundos nos olhos, e ele me dá o beijo mais bonito da minha vida.

Um daqueles beijos longos e suaves que só vi serem dados em todos aqueles filmes a que assisti até ficar com indigestão, em anos e anos de noites passadas em casa, a sonhar.

Por que não me beijou antes?

Tem meu rosto entre as mãos e os olhos fechados. Sei, porque olhei de relance.

Meu coração está pulando para todos os lados, e estou com aquela sensação que chamamos de "borboletas no estômago".

E é lindo.

Entramos no carro e estamos um pouco sem graça.

Embora não digamos nada um ao outro, é lógico que estamos os dois muito apaixonados.

Para quebrar um pouco o gelo, Ed propõe darmos uma volta, como turistas, e passamos um dia maravilhoso.

O tempo está esplêndido, e até que faz calor. Alugamos duas bicicletas e passeamos pelos parques. É fantástico ter um pouco de grama debaixo dos pés. Já não estava aguentando os arranha-céus.

Passamos um dia lindo, continuando a rir e a brincar.

Em uma loja, compramos duas pulseiras iguais, para selar a grande experiência única, como dois adolescentes.

Quando começa a escurecer e chega a hora de ir embora, me dou conta de que as surpresas não terminaram.

— Fiz reserva em um lugar de que você vai adorar — diz Edgar. — É um pequeno Bed & Breakfast em estilo colonial, com vista para o rio. Se não estiver muito frio, podemos jantar no terraço.

Só nas fábulas existem lugares assim, com lua cheia, vale todo iluminado, nada de carros nem de barulho, apenas o rumor do rio.

Quando chegamos à recepção, começo a andar pela sala, observando, e ouço que Edgar reservou dois quartos. Fico aliviada, porque se tivesse reservado apenas um, soaria um pouco como algo premeditado, mas não faria o gênero dele. Edgar é um verdadeiro cavalheiro.

Jantamos no terraço ao luar. Não sei se no final consegui trocar minha vida com a de Jennifer Lopez, mas acho que ela não vai ficar ofendida se, por esta noite, eu pegar emprestada a dela e amanhã voltar a ser a pequena vendedora de fósforos.

Quando chega a hora de ir dormir, ele me acompanha até a porta do quarto e me dá um beijo de boa-noite.

— Boa noite, Monica.

— Boa noite, Ed.

Hesito por um instante e percebo que este é exatamente o momento mágico, o momento perfeito, aquele que passa e vai, aquele do "é agora ou nunca mais"; e percebo que ele é educado demais para pedir.

— Ed... você dormiria comigo?

Dormiria... Até minha avó teria sido mais audaciosa!

Mas por que será que sou sempre tão desajeitada?

Ele parece não perceber; ao contrário, aprecia a espontaneidade, e passo a noite mais bonita da minha vida.

Não há o que fazer: quando você faz amor com quem ama, é uma coisa totalmente diferente.

Ele é doce, delicado, carinhoso.

É o paraíso.

Adormecemos abraçados, falando de nós.

Ed faz carinho em meus cabelos, e eu me sinto em casa.

Finalmente.

* * *

Voltar a Nova York é um pouco triste depois de todas as emoções de ontem, mas as coisas bonitas têm de acabar.

Toda a minha realidade virou de cabeça para baixo; meus sonhos se realizaram, e estou aqui, com o homem por quem estou apaixonada, embora durante meses eu não tenha ousado admiti-lo a mim mesma.

Às vezes a vida é imprevisível, quase sempre te sobrecarrega de dificuldades, mas quando decide te ouvir pode te arrebatar.

Preciso absolutamente encontrar outros sonhos a serem realizados.

No carro, explico a Ed como decidi terminar o romance, e ele fica entusiasmado.

Confesso que, por um minuto, cheguei a pensar que o livro fosse uma desculpa para ele me levar para a cama.

Minha inabalável autoestima de sempre.

No entanto, após um tempo de viagem, Ed fica taciturno. Sempre odiei a pergunta "Em que você está pensando?", mas estou com uma vontade irresistível de fazê-la, só que antes de ter tempo de formulá-la, ele me diz:

— Monica, tem uma coisa que preciso lhe dizer.

E sinto que será uma má notícia.

— Vou quarta-feira para Edimburgo.

Nada menos do que isso?

Pronto. J. Lo. pegou sua vida de volta... Que oportunismo! Idiota!

— Você vai ter de me mandar o final do livro por e-mail para eu cuidar da revisão e do lançamento, e vou enviar o contrato para você assinar.

— Mas você precisa ir assim? Não pode esperar para terminá-lo comigo?

— Infelizmente não posso. Eu deveria ter voltado duas semanas atrás. Há coisas muito urgentes que preciso resolver.

— Isso significa que vou vê-lo novamente... quando?

— Por um tempo vou ficar na Inglaterra, mas vamos nos falar toda hora por telefone e por e-mail.

Já não estou nem aí para o livro.

E sempre odiei e-mails.

Me vem em mente uma frase que Truman Capote escreveu como prefácio do seu romance *Súplicas atendidas*: "Vertem-se mais lágrimas pelas súplicas atendidas do que por aquelas não ouvidas."

Não dizemos mais nada praticamente até chegarmos em casa.

Não consigo entender se ele está amargurado por mim ou aborrecido por causa do trabalho.

Percebo seu nervosismo e não estou habituada a vê-lo assim, mas não posso lhe dizer nada porque estou novamente triste e confusa.

Me acompanha até em casa e me beija nos lábios, depois me diz:

— Te ligo amanhã.

E penso: "Pode até não ligar mais."

Mas não é verdade.

DEZ

Em casa, os meninos, que estão a par de tudo, me recebem com muita festa, mas eu só queria ficar no quarto, pensando em tudo com muita calma.

Desta vez estou bastante determinada a não errar meus passos.

Conto rapidamente o que aconteceu e me vanglorio de uma terrível dor de cabeça para poder ir para a cama.

Sempre que um pensamento me domina, sinto a necessidade de enfiar-me na cama e adiar toda decisão. Quando penso demais, tudo fica distorcido, e não entendo mais nada; ao passo que, se adio, de manhã tudo parece um pouco mais lógico e claro.

São três da manhã.

Não consigo dormir.

O que devo fazer com Edgar? Por que estava tão nervoso? Como devo me comportar: banco a indiferente, ostentando desinteresse e superioridade, ou me acorrento a seu carro, pedindo-lhe que não vá?

Preciso de um reconfortante copo de leite quente com biscoitos de chocolate.

Desço silenciosamente as escadas e vejo Sandra na cozinha, assistindo ao *David Letterman Show*, sem áudio.

— Também não está conseguindo dormir? — pergunto-lhe.

— Nunca durmo bem em noites de lua cheia. E você? Está bem? Suas cartas eram estranhas!

Estava me esquecendo de que as mulheres grávidas são hipersensíveis. E uma sensitiva grávida é ainda pior.

— Aconteceram algumas coisas com Edgar, e agora não sei como devo me comportar.

— Se abra comigo, irmã!

— Não quero lhe dar mais em que pensar!

— Ao contrário, me faz bem pensar um pouco nas coisas dos outros de vez em quando. Depois, pense na vantagem que você tem: quem encontrou o homem mais imbecil na Terra fui eu; portanto, não pode ser pior de jeito nenhum!

Que temperamento tem esta mulher.

— Como quiser. Edgar me levou para Cornish, como você sabe. Durante o trajeto de ida, me falou sobre sua vida passada. Uma história terrível, dolorosa... Sua mulher morreu saindo da estrada com o carro, uma espécie de suicídio. Morreu há cinco anos, e desde então ele não teve outras histórias. Ficou tão mal... coitado... No dia em que entrou na loja e me viu, gostou de mim e sentiu de novo o desejo de estar com alguém. Começou a ocupar-se de mim, me ajudou a concretizar meus projetos, a acreditar naquilo que faço, e realizou os meus maiores sonhos.

— Como Julius... — comenta Sandra.

— Pois é, a água e o vinho. Mas eu nunca ia imaginar que pudesse se apaixonar por mim.

— E por que não?

— Porque em comparação com ele sou uma menina com as ideias confusas, e ele é um homem... de fibra.

— Mais do que um homem de fibra, é um homem que já passou por poucas e boas; há certa diferença...

— Passamos dois dias inesquecíveis. Foi um sonho. Entendi que sempre estive apaixonada por ele e que aquilo que me ligava a David era uma coisa totalmente diferente.

— O que te ligava a David era uma atração física banal, unida à ambição de que ele, um dia, deixaria a mulher por você... Ah! Ah! Doce ilusão! — exclamou Sandra, mergulhando um biscoito no meu copo de leite.

— Mas você não estava de dieta?

— Fiz dieta o dia inteiro. O que você estava dizendo?

— Edgar me disse que precisa partir para Edimburgo daqui a três dias e que por um tempo não vai poder voltar. De repente ficou nervoso e não sei como interpretar isso.

— Foi antes ou depois que...

— No dia seguinte.

— Um clássico.

— Sandra, por favor...

— Desculpe, é que ainda estou um pouco ressentida. Sempre tive boas vibrações em relação a Edgar, não acho que ele seja um babaca; talvez esteja apenas confuso. Seria bom eu ver o que as cartas dizem sobre ele.

— Mas, e sem as cartas, você tem condições de me dizer o que acha dele?

— Olha, se ele foi legal, te disse que está apaixonado e armou toda essa cena para te levar até a casa daquele eremita, sinceramente acho que só deva estar chateado por ter de ir embora.

— Acha mesmo?

— Mas claro! Deve estar precisando de confirmações. No fundo, já não é tão jovem, sabe que você amou o David como louca e não consegue entender o que você via nele... Nem eu, se me permite. Sabe também que, quando voltar para a Escócia, vai morrer de saudade de você, que você é jovem e bonita e que pode deixá-lo e fazê-lo sofrer.

Calo-me pensativa. Será que tenho mesmo todo esse poder?

— Você disse a ele o que sente?

— Não.

— Por quê?

— Porque tenho medo.

— Medo do quê?

— De me deixar levar e sofrer como sofri pelo David.

— Que saco, menina! Deixe-se levar um pouco, não pode viver em uma redoma. Se você acha que sente alguma coisa por ele, demonstre e ponto final. Se ele te rejeitar, é sinal de que é um cretino que não merece o seu afeto, mas repito que quem encontrou o mais cretino fui eu e você não corre esse risco.

— Desde quando você é formada em psicologia?

— Desde que leio Charlie Brown... cinco centavos, *please*!

— Sandra, você nunca pensa no Julius? No que ele está fazendo, onde está?...

— Penso que com um alfinete fincado no saco não deve ter ido muito longe!

— Você lhe fez um vodu?

— Não, estou brincando, mas confesso que às vezes essa ideia me faz cócegas. Agora, deixe para pensar nisso amanhã e você verá que tudo vai dar certo. A propósito, li o bilhete de Jeremy. Não sei você, mas não tenho vontade alguma de revê-lo.

— Vamos mandar a conta do pintor para ele!

E, rindo, vamos para a cama.

* * *

Estou ansiosa. Inútil negá-lo.

Estou com péssimos pressentimentos, e desde sempre os meus pressentimentos se transformam em realidades muito tristes.

Também é verdade que tenho péssimos pressentimentos sempre que pego um avião e, até agora, nunca caí; portanto, talvez meus péssimos pressentimentos digam respeito apenas à esfera sentimental.

Eu deveria me comportar como uma adulta e lhe dizer: "Não se preocupe comigo, amor, ficarei bem. No fundo, é só por alguns meses, não é? Depois, vou estar muito ocupada com a redação do romance."

Mas quem disse que os adultos se comportam assim?...

O que estou sentindo neste momento é um medo enorme de ser abandonada, e já sinto falta dele.

Não me importa se pareço uma adolescente, já que é isso o que sinto.

Só tenho medo de perdê-lo ao dizer-lhe isso. Não queria que se sentisse investido de uma responsabilidade grande demais.

Talvez eu deva me conformar em ficar sem amor, em assistir para sempre aos filmes no videocassete, armada de Kleenex e bombons, enquanto choro todas as minhas lágrimas de solteirona.

E se eu o fizesse lembrar sua mulher? Como em *Um corpo que cai*.

Melhor ficar longe das torres.

Eis que em pouquíssimo tempo me vejo no aeroporto JFK acompanhando um Edgar visivelmente tenso, enquanto todos os belos discursos que eu havia preparado jazem esmagados pelo enorme peso da minha angústia.

Me deixou todos os endereços onde posso encontrá-lo — incluído o e-mail! — e me diz que ligará logo.

Por que diz "logo" e não diz "assim que chegar"?

Me abraça com força e passa rapidamente pelo detector de metais; depois é engolido pelo portão de embarque.

Meia hora depois estou com as mãos coladas no vidro, vendo-o decolar, e instintivamente lhe aceno, esperando que ele também esteja acenando para mim naquele momento.

Estou muito mal.

Ele não pode ter ido embora de verdade.

Como faço agora sem ele?

A essa altura, esta é a pergunta que me atazana há horas. Não tenho nem ideia de quando vai chegar.

É preciso calcular um fuso horário infinito e, além do mais, o que é que eu sei da sua vida na Escócia?

Haverá lugar para mim?

Uma desilusão depois da outra, isso é o que mereço.

Devo ter sido mesmo uma peste na minha vida anterior para merecer uma coisa dessas.

Sempre encontro pessoas que fogem de mim, ficam comigo por pouco tempo, mas depois acabam voltando para alguém.

Quero passar pelo menos dois dias de cama, na maior depressão, ao lado do telefone, assim vou poder pensar em detalhes em tudo aquilo que fizemos juntos, até a dor se tornar insuportável.

Sou caso de internação.

Não tenho vontade de trabalhar e estou com uma cara de enterro. As tias logo percebem e me fazem notar que devo estar à altura da loja e de seus clientes.

Tudo bem, mas com o salário que me pagam, certamente não posso me permitir ondular os cabelos no salão da Elizabeth Arden todos os dias.

Meu humor está péssimo, e meu coração, partido. Não consigo fazer outra coisa a não ser me consumir na tristeza.

E esperar a porra desse telefonema!

Estou completamente transtornada: errei no troco, mandei entregar um banco do século XVII para um cara que queria um quadro, e corri para checar eventuais chamadas no celular pelo menos 320 vezes. Isso não é vida.

Me mandam embora uma hora mais cedo, e também acabo me sentindo humilhada.

Só falta perder o emprego e voltar para casa.

Por que os outros não fazem o que eu faria?

Uma vez David me disse que o segredo para viver bem é nunca esperar nada das pessoas; assim, se lhe derem alguma coisa, você a aceita, mas, se não lhe derem nada, você não fica decepcionado.

Naquele momento me pareceu uma visão terrivelmente pessimista da vida, mas agora entendo o que ele queria dizer.

No entanto, isso não me impede de me perguntar "por que" ao menos uma dezena de vezes por minuto.

Por que não me falou antes que ia embora?

Por que mudou de comportamento?

Por que parece que já não gosta de mim?

Por que eu não lhe disse o que sinto por ele?

Por que sou tão cretina?

* * *

Estou irrequieta e não tenho vontade de ficar em casa esta noite.

Sandra não sai mais, e Mark está com seu namorado inseparável, assistindo aos sucessos do cinema na TV.

Só há uma coisa que posso fazer: ligar para Jeremy.

Só de pensar em fazer isso, sinto que vou morrer, mas se eu não sair e me distrair vou acabar fundindo o cérebro de tanto pensar.

Eu me conheço. Pelo menos vou pensar nos problemas de outra pessoa e passar algumas horas diferentes.

Quando ligo para ele, fica muito contente por me ouvir, diz que não esperava mais.

Repete não sei quantas vezes "puxa vida" e "não posso acreditar". Parece um disco arranhado.

Devem ter dado eletrochoque nele.

Diz que passa para me pegar às oito e que vai me levar a um lugar bonito.

Enquanto me arrumo, Sandra, com sua habitual discrição, entra de repente no meu quarto para me perguntar alguma coisa e me vê pronta para sair.

Fico vermelha como se tivesse me surpreendido com as mãos no pote de geleia.

— Vai sair para jantar?

— Vou.

— Mas o Edgar não foi embora hoje de manhã?

— Foi, mas não vou sair com ele — respondo entre os dentes.

— E com quem vai sair assim, toda bonitona?

— Com o Jrmi — digo de cabeça baixa e dentes cerrados.

— Com quem?

— Jrm.
— Mas que língua você está falando? Não estou entendendo!
— Jeremy.
— Com o JEREMY? Endoidou? Vai sair com Jeremy, o louco? Deus do céu, se o Mark souber, te mata! Olha que não tenho um Julius para salvá-la desta vez!
— Não diga a Mark, por favor... É que estou cansada de ficar em casa pensando, e depois, é um ato de caridade. Prometo que, assim que o jantar terminar, volto logo para casa.
— Ah, Miss Rossella, você me deixar desesberada! — e sai balançando a cabeça.
É loucura pura, me dou conta, mas agora já está feito.
Às oito, chega Jeremy. Ao sair, vejo Mark e Fred encolhidos na manta do sofá, e Sandra me dá um amuleto para guardar no bolso.
Jeremy está mudado. Traz os cabelos mais compridos, barba e engordou um bocado.
Me faz uma porção de elogios e depois me diz que fez uma reserva no Luce's.
— Onde? Mas é um dos restaurantes mais exclusivos de Nova York! É preciso reservar meses antes para jantar lá!
— Liguei para um cara que estava na clínica comigo e que trabalha lá. Você não imagina quantos vips estavam internados.
Entramos no carro. Nenhum de nós diz nada.
Há um odor tão forte de desodorante automotivo que começo a ficar enjoada.
— Esse *arbre magique* é bom, mas um pouco forte — digo para quebrar o gelo.
— Na verdade, é meu perfume mesmo...
Quebrei o gelo e estou afundando nas gélidas águas da vergonha.

Quando chegamos, Jeremy, como um verdadeiro cavalheiro, abre a porta do carro para mim, me faz descer, e entramos em um dos restaurantes franceses mais caros do hemisfério.

O maître nos dá uma ótima mesa, e logo chega um bando de garçons, que se movem velozes como andorinhas para verter água, champanhe, mais champanhe e mais champanhe.

Não sou alcoólatra, mas não consigo resistir a champanhe; depois, sabe-se lá quando vou ter essa oportunidade novamente. Jeremy, ao contrário, não pode sequer tocá-la, me diz, então também dou uma maneirada.

Porém, com muita tristeza.

Jeremy não fala muito. Na verdade, só o vi uma vez, e já estava bêbado; portanto, não tenho ideia de que tipo é.

Finalmente chegam os menus. O meu está sem preço, obviamente, e fico com medo de pegar alguma coisa que não posso me permitir. Vai que a gente briga e ele sai antes de mim, fico encrencada. Já me aconteceu isso uma vez... por sorte eu estava em uma pizzaria.

— Jeremy, está tudo em francês, não sei o que pedir.

— Se não se incomodar, peço eu, já que é minha convidada.

— Sim, por favor, pode pedir — ficaria mais tranquila se colocasse isso no papel.

A conversa esmorece. Jeremy é muito tímido, balbucia um pouco e enrubesce continuamente.

— Fico feliz que tenha aceitado... sair comigo... não... não esperava.

— E por que não deveria? — como sou mentirosa. Se Edgar estivesse aqui, uma ova que eu estaria neste restaurante esta noite.

— Sabe... faz parte da terapia... eu conseguir... me... desculpar com as pessoas às quais fiz mal... no... no... passado.

— Tudo bem, já passou, não vamos mais pensar nisso. Silêncio de novo.

— Quer me falar da terapia?

— Sim... eu... sim, se não se incomoda, me faria bem. Não tenho muitos amigos fora do centro... Foi duro, sabe?... Comi tanta bala que ganhei dez quilos... Não pensava que tivesse chegado a esse nível... quer dizer, não achava que tinha uma dependência do álcool... Me... me parecia... que podia ficar sem ele, embora todas as noites encontrasse uma desculpa para sair e... beber. Agora falo disso com bastante facilidade, mas para chegar a isso foi preciso muito.

— No entanto, quando conheci você, me deu uma ótima impressão.

— Eu já estava alto... — enrubesce. — O Sam tinha me dito que queria me apresentar uma moça muito bonita, e eu... para ficar à altura... já tinha virado meia garrafa de gim.

Trazem-nos um microantepasto de peixe, composto por uma lagostinha levemente marinada, envolvida por uma finíssima camada de toucinho — certamente de Colonnata.

É delicioso e dissolve na boca, mas dura um nanossegundo e já acaba.

Se eu trouxesse Sandra aqui, ela agrediria o maître.

— O que é mais constrangedor... — continua Jeremy — são as sessões em grupo. São todos tão agressivos e... você... você não acha que é assim, ou seja... como eles, e pensa que é melhor; só que, no final, o problema é o mesmo para... todos, mesmo que em níveis diferentes.

Eis que chega um pedacinho de cherne embebido em uma gota de bechamel, timidamente escondido por uma fina massa folhada tartufada. Simplesmente divino.

Ouço o discurso com atenção, mas também estou muito concentrada na comida.

— Quando eu não bebia, me sentia deslocado... Diferente... pouco à vontade... Mas, quando bebia, era outro. Saía de dentro de mim uma parte muito mais forte e... e segura. Na noite em que conheci você... pensei que... se me visse como eu era, ou seja, como sou realmente... não ia me querer.

Jeremy está tão ocupado em contar que não está comendo. Estou morrendo de fome e não tenho coragem de pedir sua parte. O bando volta e, com um bater de asas, leva embora nossos pratos e — ai que dó — também a outra massa folhada que não voltará mais.

— Na noite em que... agredi você... eu estava doidão, cheio de coca... Fiquei totalmente louco e... não entendi mais nada, só estava mal e queria que terminasse aquela dor, aquela angústia... queria me jogar da janela... meu irmão me salvou por um triz.

Fico arrepiada ao ouvi-lo. Me lembro perfeitamente daquela noite; morri de medo.

Pego sua mão e sorrio.

— Agora acabou, fique tranquilo.

— Monica, tem uma coisa que eu queria dizer a você — anuncia enquanto chega um risotinho ao açafrão, com vieiras e funghi.

— Eu... estou muito arrependido daquilo que fiz e... quero mudar e...

Todas essas pausas vão fazer meu risoto esfriar. Caramba.

Põe minha mão entre as suas, aquela com a qual como, obviamente, e me diz:

— Peço que me ouça porque para mim é difícil falar... estando sóbrio, quero dizer... nunca estive tão apaixonado como agora, Monica.

Fico com a porção de risoto na boca enquanto ele me olha diretamente nos olhos.

— Mudei e quero seriamente... iniciar uma relação com...

— Jeremy, não diga mais nada, por favor — interrompo-o. — Aceitei revê-lo porque me parecia justo, embora os outros pensassem que eu estivesse louca. Não funcionou da outra vez e não funcionaria desta simplesmente porque não fomos feitos um para o outro. Fico muito lisonjeada com o fato de você ainda estar apaixonado por mim, mas eu não estou. Estou apaixonada por outro homem, e não há lugar para você no meu coração. Sei que você é forte o suficiente para entender.

Jeremy larga minha mão e me olha interrogativo.

— Não estava falando de você, Monica.

Deus meu, que gafe.

— Ah, não?

— Não, queria lhe falar da moça que... conheci na clínica e com a qual estou tendo um caso, e que estamos muito apaixonados. Achei que... você ia gostar de saber.

A rainha das gafes, isso é o que sou. Que vergonha.

— Que ótimo, fico muito feliz por vocês.

E, por sorte, vem em meu socorro um pequeno carpaccio de marlim polvilhado com páprica.

Cai novamente o silêncio, e, desta vez, vai ser difícil salvar a situação.

Terminamos o jantar falando de coisas banais.

Jeremy quer saber sobre Edgar, mas não estou muito a fim de tocar no assunto, ainda mais porque, agora que estou pensando, ele já deve ter chegado em casa e estou morrendo de vontade de ouvi-lo e de esclarecer as coisas.

Jeremy me acompanha até em casa e, desta vez, não abre a porta do carro para mim, mas, por sorte, tampouco me joga embaixo dele. Seria o mínimo.

Nos despedimos um pouco embaraçados e nos desejamos boa sorte.

Vamos precisar dela.

Entro em casa cabisbaixa e com o rabo entre as pernas. Deus do céu, que figura mesquinha. Ele queria me fazer entender que tinha mudado e que estava dando tudo de si, e eu, toda metida, já fui logo achando que ele ainda estivesse apaixonado por mim.

Eu merecia pagar o jantar.

Como se não bastasse, ainda estou com fome, não há recado para mim, amanhã preciso ir trabalhar e, como sempre, não estou com sono.

Escrevo um e-mail para ele:

>Caro Ed,
>
>faz um dia que você foi embora, e me pergunto o que está acontecendo.
>
>Não nos despedimos como devíamos e deixamos de nos dizer uma porção de coisas; pelo menos eu não lhe disse muitas, mas talvez seja melhor você começar.
>
>Vi que estava diferente nestes últimos dois dias e, embora eu entenda o estresse de uma partida, talvez houvesse mais alguma coisa que você quisesse me dizer.
>
>Em breve lhe mandarei o novo capítulo do livro.
>
>Sinto sua falta.
>
>Com afeto,
>Monica

Que carta de merda.

É tão artificial que poderiam colocar a etiqueta de 100% poliéster!

Como faço para lhe dizer que estou sempre pensando nele, que voltei a fumar e que não durmo à noite?

Tudo bem, faz só um dia que ele foi embora, soaria um pouco fóbico, e não quero que pense que sou uma louca perigosa, embora o seja.

Quando chegar, certamente terá uma porção de coisas para despachar e talvez não possa me responder logo. Pior: se lhe escrevo alguma coisa pesada demais, poderia de fato perder a vontade de me responder. Além do mais, agora há um oceano entre nós e uma vida da qual não sei absolutamente nada.

Pronto, enviei a mensagem e agora minha ansiedade está redobrada. Vou deixar o celular e o computador ligados, vou me sobressaltar com qualquer toque de telefone e, no final, vou pegar um câncer pela avalanche de radiações absorvidas.

Se isso é emancipação...

Ouço baterem a porta. Mark deve ter voltado. Eu o cumprimento, mas ele não me responde. Que estranho. Faz alguns dias que está me evitando.

Deve ter brigado com Fred.

ONZE

Hoje, na loja, fui muito eficiente. Para remediar a confusão de ontem, ofereci-me para limpar todas as vitrines, e as tias aceitaram.

Em seguida, perguntaram-me se eu também podia fazer duas entregas em domicílio, já que estava ali, o que queria dizer já que estava vestida como uma mendiga.

Qualquer coisa, contanto que mantenha a cabeça ocupada por outros pensamentos que não o refrão oscilante "terá lido — terá respondido?", que está me consumindo desde a noite passada.

Após o trabalho, aproveito para dar uma olhada nas lojas, sempre com o intuito de manter o cérebro ocupado.

A noite está bem fresca, sente-se a primavera no ar, e naturalmente todos os casais apaixonados escolheram esta noite para sair, de mãos dadas, diante de mim.

Serei superior.

Afinal de contas, ser nostálgico em Manhattan é sempre melhor do que sê-lo em Centocelle.*

---

* Região no subúrbio de Roma. (N. T.)

Enquanto passeio pelo Soho, vejo uma lojinha graciosa de pedras e cristais de aparência vagamente esotérica.

Decido entrar, atraída pelo odor de incenso, que a essa altura logo me lembra minha casa.

Assim que entro, vem a meu encontro uma velha hippie cinquentona, com um cafetã turquesa, cheia de anéis nos dedos, que certamente já aprontaram de tudo nessa vida — sorte dela —, e que me olha diretamente nos olhos.

— Para onde ele foi?

— Para a Escócia — respondo sem refletir.

Meu Deus, mas como ela sabe disso?

— Sinto negatividade ao seu redor, vejo tristeza, partidas imprevistas, afetos distantes e uma morte recente.

Preciso me sentar! Devo ter deixado os pensamentos escapar de repente!

— Quem lhe contou essas coisas? Conhece alguém que eu conheça? A manicure fofoqueira de *As mulheres*, de Cukor? Impossível, porque não frequento salões de beleza! A senhora é um espírito-guia ou sou eu que estava falando em voz alta?

— Sua aura fala por si, minha amiga.

— Ah, não vem não que não engulo essa história de aura. Já estamos no século XXI; e depois, não acha que vai me encantar com algumas frases que servem para todo o mundo!

— Ceticismo típico de quem é de Gêmeos... Seja como for, acredite: ele não tem outra mulher lá na Escócia — diz pegando minha mão.

Mmm, a coisa está ficando interessante... vamos ver se ela diz as mesmas coisas que Sandra.

Passo duas horas com Arabella, este é seu nome.

Diz-me coisas interessantíssimas sobre meu passado e sobre o de Edgar.

Parece que, em uma vida passada, eu era um pirata, e talvez isso influencie até hoje minhas escolhas, mas não entendi direito como.

A conversa só me custou 100 dólares, enquanto pelo quartzo resplandecente que me vendeu e que devo manter debaixo do travesseiro para afastar as forças negativas paguei apenas 300!

Arabella me garantiu que vale pelo menos o dobro.

Por fim, me convidou para seguir seus cursos de regressão a vidas passadas, limpeza dos chacras, abertura do terceiro olho e, se eu quiser, também pode me dar uma consultoria financeira sobre os novos fundos de investimento.

Em todo caso, foi muito instrutivo. Agora até posso correr para casa para verificar meu correio eletrônico.

Sim, sim, siiim!

Ele respondeu!

A agonia terminou, e certamente é mérito do quartzo resplandecente e de seus efeitos benéficos.

Se pelo menos eu soubesse antes, teria comprado uma mina.

Vamos abrir sua mensagem e ver o que diz:

> Cara Monica,
> acabei de chegar e li sua mensagem. É um período muito difícil para mim, e entendo que meu comportamento possa ter te deixado desorientada.
>
> Estou muito cansado de correr como um louco de um lado para outro e de estar sozinho, mas também estou tão habituado a essa vida que, confesso, me assusta muito a ideia de ter uma

relação com outra pessoa. Já não sou jovem, e meu passado infelizmente influi, de maneira muito profunda, no meu presente, mais do que acredito.

Sei que fui eu a te envolver, e agora você vai pensar que sou um idiota, mas tem de acreditar quando digo que te amo de verdade e que não há outras mulheres na minha vida. Só que, neste momento, ainda que eu preferisse que não fosse assim, sinto que não posso ter uma relação que implique obrigações.

As cicatrizes do meu infeliz matrimônio ainda não se fecharam.

Você é maravilhosa, e fico muito bem quando estou com você. Só que agora que me sinto envolvido emocionalmente também estou mais confuso e não quero cometer erros que possam te fazer sofrer.

Vamos ter calma e esperar para ver como as coisas ficam.

Acredite em mim: repito que não há outras mulheres e que nunca menti para você.

Um forte abraço.

Ed

Como era mesmo a fala de *Frankenstein Júnior*?
"A ciência nos ensina a enfrentar nossos sucessos e nossos fracassos com calma, dignidade e classe."
— Sandraaa!!! Socorrooo!!!

A pobre da Sandra sobe cansativamente as escadas sob o peso dos seus cinco meses de gravidez.
— Por favor, traduza esta carta em palavras simples — choramingo.
— Você está bedindo muito à bobre Mammy grávida!

Lemos e relemos o e-mail e o estudamos a fundo, como se tivéssemos de preparar o discurso de defesa de um condenado à morte.

Não há razão para dar pulos de alegria, e estamos a milhares de quilômetros de distância do Edgar que me levou a Cornish, porém, como Sandra me faz notar, é sincero, sincero e humano.

Talvez seja até mais verdadeiro agora do que quando bancava o anjo da guarda a todo custo.

Pulou um pouco rapidamente demais da fase A, de namoro, para a fase B, de fuga dos vínculos sérios, mas, até agora, está tudo dentro da norma.

— Só porque é você, vou lhe dar outra lição sobre os homens — diz Sandra, colocando meus óculos. — Primeiro: se quer este homem, precisa ter paciência. Segundo: precisa mesmo ter muita, porque, depois do que ele passou, até um grama a mais de sentimento de culpa é capaz de matá-lo. Terceiro: em nenhum caso deve fazê-lo imaginar o quanto você ficou decepcionada com seu comportamento, porque agora ele não está em condição de aguentar a carga. Quarto: toda a provisão de entusiasmo que ele tinha acabou, e, como bom deprimido, está se refugiando na sua caverna. Quinto: espere por ele na saída da caverna e o cubra de carinho.

— *Os homens são de Marte, as mulheres são de Vênus.* Desta vez, peguei você!

— Não brinque! Esse livro é a Bíblia para mim. Se o tivesse lido antes, talvez não fosse uma pobre mãe solteira!

— Já eu digo que sim!

— Pois é, também acho!

— Mas, também, que saco! Sempre que começo uma história acaba acontecendo alguma catástrofe: David estava noivo,

Jeremy era alcoólatra, e Edgar tem o fantasma da mulher morta.

— Meio azarada você é mesmo, mas o Julius, de um só golpe, bateu todos eles... Ei, o que é isto? Um quartzo resplandecente? — pergunta afastando o travesseiro.

— Nossa! Como é que isso foi parar aí? — digo fazendo-me de sonsa.

— Não vá me dizer que comprou um quartzo resplandecente! Sabe quanto custa um quartzo resplandecente?

— Bom, mais ou menos... — queria que não me fizesse voltar a pensar no assunto.

— Deu para se vender para o inimigo agora? — questiona indignada, com as mãos nos quadris e balançando a cabeça.

— Mas você não lia a borra de café?

— Leria se alguém não a jogasse sempre fora!

— Ah, vai, se me perdoar conto como foi o jantar com Jeremy.

— Monica — diz sentando-se e mudando repentinamente de expressão —, talvez não seja o melhor momento para lhe dizer o que estou para dizer, mas faz uma semana que estou adiando e, mais cedo ou mais tarde, vou precisar fazê-lo, embora Deus saiba que eu não queria.

Não gosto nem um pouco desse tom.

Estou ouvindo cada vez mais próximo o sibilo da desgraça que está para ser anunciada de repente.

— Refleti muito e cheguei à conclusão de que é inútil eu ficar aqui, em Nova York, agora que minha carreira de cantora passou para segundo plano. A vida aqui é cara demais, e sinceramente não estou a fim de criar minha filha com a contínua preocupação de não conseguir chegar ao final do mês. Sinto muita falta da minha família, e no Caribe nunca estaremos sozinhas. A vida é mais simples e mais saudável. Eu poderia voltar a cantar na igreja ou nas festas, como fazia antes, sem precisar mais girar por bares de terceira categoria... Sendo assim, decidimos ir embora no final do mês.

— Decidimos... quem?

— Eu e o Mark.

Plem! Eis a desgraça que me atinge com a velocidade da luz e me deixa sem fôlego.

— Você e o Mark vão embora no final do mês?

— Vamos. Foi ele que insistiu. Para todos os efeitos, sente-se o pai e não suporta a ideia de não ver a menina por sabe-se lá quanto tempo. Além do mais, para ele as oportunidades de trabalhar em um centro social certamente não faltarão.

— Mas, mas como... É outra brincadeira, não é? Agora você vai começar a rir, não vai? — Olho para ela alarmada, mas ela não ri absolutamente.

— E o Fred? O que vai ser do Fred? Não era o grande amor dele?

— Terminou com ele ontem à noite.

— Ah, não, Sandra, não posso acreditar. Vocês não podem ir embora assim.

— Sinto muito mesmo te deixar, Monica. Se fosse por mim, eu nunca iria embora, mas se trata de uma causa de força maior.

— Então a decisão já está tomada.

— Está, Monica, embora eu não esteja com vontade alguma de te deixar sozinha.

— Não se preocupe comigo, já estou habituada. Nesses meses, praticamente não aconteceu outra coisa: me apeguei a pessoas que me abandonaram dizendo que gostavam de mim... ainda bem que não me odiavam.

— Não encare dessa forma, por favor. Já estou me sentindo uma merda.

— E como acha que eu devia encarar? Dando pulos de alegria? Estourando uma garrafa? Sabe-se lá há quanto tempo decidiram isso e não me disseram nada.

— Deve fazer uns dez dias. Foi tudo muito de repente, acredite!

— Me desculpe, mas estou muito cansada agora. Amanhã tenho de acordar cedo e, se não se importa, gostaria de ficar sozinha...

— Monica, essa partida não muda nada na nossa amizade. Você é e sempre será minha melhor amiga.

— Claro, nas duas primeiras semanas, depois... vamos, saia, por favor.

— **Se precisar, me chame, certo?**

— Não, é bom eu começar a me habituar à solidão. É a companheira mais fiel que tenho!

Ela sai cabisbaixa com lágrimas descendo pelas faces.

Fico sozinha e sou tomada por um frio terrível. Minha cabeça está girando.

Não há mais ninguém a meu lado.

Como se na mesa de blackjack eu tivesse apostado todo o meu dinheiro no número errado.

Estou com falta de ar. Enfio-me imediatamente na cama.

Continuo a chorar e a pensar que ninguém está nem aí para mim e que mesmo que eu morra ninguém vai se importar.

Não penso que quero morrer, mas penso que já não quero viver. Como a mulher de Edgar.

Torço para ficar doente e partir em um segundo.

Depois, de repente, levanto, acendo um cigarro e começo a caminhar de um lado para outro do quarto enquanto os soluços me sacodem da cabeça aos pés.

Preciso sair de todo jeito.

Pego um metrô ao acaso.

Se há uma coisa boa aqui em Nova York é que a qualquer hora do dia e da noite você pode comer e beber, e, para mim, neste momento, só interessa beber.

E muito.

DOZE

Quando, com muito esforço, consigo abrir os olhos, entendo que realmente cheguei ao fundo do poço.

Sou tomada pelo medo, sinto náusea, dor de cabeça, uma dor atroz no estômago e não sei onde estou.

Tenho tubinhos no nariz, e minha garganta está doendo pra caramba.

Parece ser um pesadelo, mas o pior é que esta é a realidade.

Tento virar a cabeça para olhar ao redor e vejo que há alguém ao meu lado segurando minha mão e sorrindo docemente.

É uma moça japonesa vestida de branco, com uma carinha meiga que me lembra a de uma boneca.

— Que bom que acordou — me diz. — Como está se sentindo?

Tento articular as palavras "uma merda", mas não consigo falar e começo a tossir com muita força.

Então ela coloca a mão em minha testa e acaricia meus cabelos, como fazia Helen, e começo a me acalmar.

Nunca para de sorrir, e isso me restitui um pouquinho de confiança.

Começo a recordar, mas tenho uma porção de vazios de memória.

Lembro vagamente quando estava no banheiro do bar e, depois, mais nada.

— Não tenha medo, aqui você está protegida de todos. Agora descanse — diz com um tom de voz tão angelical que verto lágrimas.

Talvez ela seja realmente um anjo e eu esteja realmente morta.

Por um tempo infinito ainda durmo um sono terrivelmente confuso e agitado, mas não consigo opor resistência a toda essa dor que sinto dentro de mim e decido não tentar nem sequer impedi-la.

Sou despertada por uma voz que repete meu nome, e finalmente saio desse torpor profundo e insano. De repente, tudo volta à tona.

— Foi feia a coisa, não foi? — pergunta-me uma mulher de jaleco branco, sentada em um canto da minha cama.

— Estou me sentindo um horror! — digo.

— Imagino. Quase se afogou no rio e foi salva por milagre pelas pessoas que estavam no bar e que a viram sair bêbada. Fizeram uma massagem cardíaca e uma lavagem gástrica em você, e agora deve estar se sentindo como se tivesse sido atropelada por uma carreta, não?

Faço que sim com a cabeça.

— Ligamos para a sua casa. Atendeu um rapaz que ficou tão assustado que quase lhe mandei uma ambulância. Agora está vindo para cá. Por acaso é seu marido?

— Não, divide o apartamento comigo.

— Ficou muito preocupado, sabe? Agora vou deixá-la um pouco sozinha. Estou esperando os resultados dos seus exames. Depois, mais tarde, batemos um bom papo, tudo bem?

Respondo que sim com a cabeça, como uma menina que realmente aprontou.

— A propósito, esta é Izumi, sua enfermeira — diz indicando a moça japonesa de antes —; portanto, se precisar de alguma coisa, não hesite em chamá-la.

São tão legais comigo que me sinto ainda mais culpada.

Também deve ser a vocação deles, mas fazia um bom tempo que eu não me sentia tão mimada, embora as circunstâncias não sejam exatamente as melhores.

Após cerca de dez minutos, entram correndo Mark e Sandra.

— O que aconteceu? O que fizeram com você? Disseram que sofreu um acidente! Deus do céu, que camisola horrível! — exclama Mark.

Cobrem-me de perguntas, me abraçam, me beijam alternadamente nas bochechas, e me sinto escorregar no abismo da vergonha.

Agi como uma adolescente estúpida que foge de casa para chamar a atenção e por um triz não bate as botas. Além do mais, olha como os deixei preocupados.

É tudo tão absurdo agora que não me parece possível ter conseguido fazer uma cagada dessa grandeza, ainda mais na minha idade.

— Meninos — começo a dizer tentando repelir a náusea —, peço perdão a vocês do fundo do meu coração por aquilo que fiz. Como vocês sabem, é um período tão cheio de desilusões e mudanças para mim que ontem à noite, quando a Sandra me disse que iam embora, fiquei tão para baixo que saí de casa, peguei o metrô e entrei em um bar perto do Village, nem me lembro mais qual, com a precisa intenção de parar de pensar.

Faço uma pausa para beber um pouco d'água. Estou com um gosto de metal na boca.

— Vocês me conhecem, não sou do tipo de fazer coisas inconscientes demais, mas estava me sentindo tão sozinha e tão deprimida que daria um braço para deixar de me sentir assim. Edgar praticamente me disse que não se sente firme para ter uma relação séria comigo, só para variar; depois a Sandra me anuncia que vocês vão partir no fim do mês e, de repente, me senti abandonada... perdida no bosque, não sei como dizer. Fiquei aterrorizada com a ideia de me ver sozinha.

— E então, o que aconteceu? — insiste Mark.

— Entrei nesse bar e pedi uma vodca pura, depois outra e mais outra. Quando lembro, me dá vontade de vomitar. Até que tudo tomou uma dimensão distorcida, distante, irreal, como se quem estivesse sofrendo fosse outro eu que eu olhava de fora. Não tenho ideia de quanto posso ter bebido, mas quando me levantei para ir ao banheiro, foi realmente difícil ficar de pé. Cheguei lá me segurando no balcão. Depois, quando já estava lá dentro, me apoiei na pia e, ao levantar a cabeça para me olhar no espelho, eu... quase não me reconheci. A maquiagem estava borrada, eu não conseguia focar minha cara, fiquei assustada, vomitei e estava tão atordoada que as lágrimas começaram a cair e eu não conseguia segurá-las.

Sandra me olha com doçura e apreensão. Mark, por sua vez, está sério.

— Então me lembrei que tinha um frasco de Valium na bolsa, que carrego em caso de emergência, só que, como já não tinha o mínimo de autocontrole, perdi a conta das gotas e devo ter pingado uma dose de elefante na última vodca. — Ninguém ri. — Saí do bar e rapidamente comecei a me sentir melhor, relaxada, com a cabeça leve. O aperto no estômago aliviou de repente. Nada mais me fazia mal. Eu estava feliz por vocês, pelo Edgar e por mim. Me sentia tão bem e a noite estava tão fresca e agradável que fui me sentar à margem do rio. Só me lembro que meu corpo, os braços e as pernas já não respondiam e que eu tinha muito sono.

Passa um instante de silêncio carregado de tensão.

Por fim, Mark explode.

— Mas você enlouqueceu de vez, Monica? — pergunta Mark com a cara amarrada. — Quer fazer o favor de parar de brincar? Você já tem mais de 30 anos, e o mundo, sinto te decepcionar, não gira ao seu redor... Não gira ao redor de ninguém. Estamos todos aqui tentando nos virar na vida e conviver com as nossas frustrações e as nossas dores, e não é fácil para ninguém! Ainda quer continuar desse jeito? Ótimo, a escolha é sua. Mas saiba que assim as pessoas não vão querer ficar perto de você, porque depois de te consolarem um pouco, vão se cansar, vão entender que, no fundo, você está pouco se fodendo para todo o mundo, menos para o seu pequeno mundo encantado, e tudo o que você quer fazer na vida é se lamentar de como é azarada porque não gosta do trabalho que faz e não tem namorado! Vá dar uma voltinha na porra deste hospital e olhe a verdadeira dor de frente. Garanto a você que todos gostariam de trocar a própria vida pela sua!

E sai batendo a porta.

Fico sozinha com Sandra, que me olha séria.

— Está muito bravo, mas você precisa entender que gosta muito de você, assim como eu também gosto. Não jogue sua vida fora. Se realmente tivesse se afogado, consegue imaginar a dor que traria a todos nós? E à sua família? E para quê, afinal? As pessoas não vão embora para te contrariar. Fazem escolhas, e você também faz as suas. Certamente você não pode fazer todos felizes, mas isso não muda o afeto pelas pessoas que ama de verdade.

— Estou tão envergonhada — e começo a chorar para valer, enquanto Sandra acaricia minha cabeça. — Sou uma pessoa horrível.

— Você não é horrível, mas deve aprender a contar mais consigo mesma.

Izumi entra no quarto e, sorrindo, diz:

— O horário de visitas acabou agora.

— Nos vemos amanhã, Monica. Se precisar, ligue a qualquer hora.

Izumi sorri para mim, senta-se na cadeira a meu lado e me dá um lenço para enxugar as lágrimas.

Tenho a sensação de que quer me comunicar alguma coisa, mas que está esperando o momento certo.

— Você deve estar feliz agora porque está em momento bom — diz-me de modo um tanto enigmático, mas muito solene.

— Como faço para ficar feliz? — digo enxugando os olhos. — Magoei meus amigos, não sei quem sou nem o que quero. Como ser humano, sou um horror.

— Você é criatura amada por Universo porque é única e perfeita assim. Qualquer decisão que tome será perfeita porque é sua. A vida é simples, basta abrir porta certa. Escolha porta certa e chegará uma avalanche de coisas bonitas, porque na sua vida apenas você conta, o resto é resto. Escreva você a sua história e a viva com amor!

Izumi tem uma sabedoria tão simples e serena que me contagia.

— É muito bonito o que acabou de dizer.

— São 100 dólares!

* * *

Passo dois dias no hospital e me convenço cada vez mais de que isso não é absolutamente um acaso.

Izumi tem razão, sou eu que escrevo minha história e sou eu que decido estar bem ou mal.

Colocar a culpa no mundo não serve para nada. Sou uma mulher (quase) em plena posse das minhas faculdades mentais e em plena saúde, e estou totalmente qualificada para ter êxito na vida.

Não tenho coragem de informar a Edgar o que aconteceu porque lembra dramaticamente o que ocorreu à sua esposa.

Se me tivesse acontecido algo realmente grave, eu o teria ferido de morte.

Não me tinha dado conta da minha responsabilidade em relação às pessoas ao meu redor. De fato, tentei chamar a atenção como uma criança.

Entra Izumi, dizendo:

— Há duas pessoas de idade querendo vê-la!

Ai, meu Deus. As duas únicas pessoas de idade que conheço aqui são Miss H e Miss V, que nem pensei em avisar. Devem ter ligado lá para casa e estar indignadas.

Entram cambaleando como sempre, apoiando-se uma na outra, enquanto o motorista permanece próximo à porta.

Trouxeram-me flores, eu nunca iria imaginar; pensei que me trariam alguma coisa para fazer enquanto estou aqui para não perder tempo, algo como prataria para lustrar ou arquivos para reorganizar!

— Você não está com uma cara boa! — exclama Miss H.

— Não mesmo, e esta camisola não combina nem um pouco com você — insiste Miss V.

— E também está despenteada! — rebate Miss H.

Sorrio, porque esse é o modo delas de se preocuparem comigo, e sei disso porque não andam de carro há pelo menos trinta anos. Se vieram até aqui e me trouxeram flores, é porque me querem bem, embora nunca admitam.

— Quando acha que vai voltar ao trabalho? Há uma porção de coisas para fazer!

— Vou voltar logo, fiquem tranquilas, contanto que ainda queiram uma desgraçada na loja de vocês!

— Que pergunta! Claro que queremos, não tínhamos tantas emoções assim desde o escândalo do Watergate!

— Agora descanse. Esperamos você na semana que vem — diz Miss V, enquanto Miss H concorda, tossindo encatarrada. Se alguém a ouve, a coloca no isolamento.

Depois que saem, volta Izumi. Nos olhamos e começamos a rir, enquanto a pobre Miss H continua a tossir no corredor, e a ouvimos gritar:

— Não toque em mim, estou muito bem!

— Sabe, Izumi? Acho que você tem razão. No fundo, o segredo está em abrir a porta certa e, antes dela, é preciso abrir as erradas, não é?

— Antes, eu era bailarina no Japão, mas não estava feliz. Estudei tanto, só que não era escolha de Izumi, e sim a dos pais de Izumi. Depois, um dia, quebrei pé quando estava em turnê aqui na América, e no hospital entendi que queria ser enfermeira, que essa era porta certa; por isso, agora você está em momento bom, porque só precisa sentir dentro de coração o que te faz feliz.

— Me fariam feliz coisas simples, que talvez estejam mais próximas de mim do que imagino, mas é como se eu tivesse medo de realizá-las. Sempre que começo alguma coisa e estou para terminá-la, a interrompo pela metade.

— Talvez não fosse momento bom. Vocês do Ocidente êm sempre pressa de sucesso e nunca esperam momento de maturidade.

— É verdade, talvez o momento tenha chegado, já que minha vida é uma total folha em branco...

Me fazem sair do hospital em uma cadeira de rodas. Sou acompanhada pela pequena mágica Izumi.

Antes de ir embora, pergunto-lhe o que quer dizer o nome Izumi em japonês, e ela me diz que significa "fonte".

— Sim, eu diria que é adequado. Você é mesmo uma fonte de luz e sabedoria.

E ela rebate:

— Não, é só nome de amante de meu pai!

Entro em um táxi e me dirijo para casa.

Mark abre a porta e me abraça com força. Logo sinto o cheiro de bananas fritas e de frango ao caramelo que adoro e que Sandra cozinhou.

Voltei para casa e me sinto realmente amada pelo Universo, como diria a pequena japonesa. Agora só tenho de me preocupar em ficar tranquila e escolher o caminho certo com sabedoria.

Antes de voltar a trabalhar no romance, abro minha caixa de e-mail, e há duas mensagens de Edgar.

Oi, Monica,
são três da manhã e não consigo dormir.
Penso muito em você e nas coisas que fizemos juntos e me sinto um homem muito estúpido e sozinho.
Aqui estou, nesta grande casa vazia e fria, onde nunca houve alegria ou talvez, se houve, eu estivesse muito ocupado para percebê-la.

Não quero bancar o patético; ou melhor, sim, sejamos francos, quero justamente bancar o patético!

Você tem 30 anos ou pouco mais e tem tudo pela frente. Por um lado, te invejo porque eu também gostaria de voltar a ter 30 anos e toda a inconsciência e a vivacidade dessa idade; por outro, me borro todo só de pensar em me questionar novamente, e depois penso que a vida é uma só e que não passo de um cretino.

Não quero tomar mais seu tempo com minhas paranoias. Só vou te contar uma novidade que te fará rir para valer.

Os cônjuges Miller deram entrada no processo de divórcio porque David, durante a lua de mel, pegou Evelyne com a camareira do hotel!

Não se fala em outra coisa na família, você pode imaginar. Só espero que não me devolvam o presente!

Um beijo, com amor,

Ed

A outra mensagem diz:

Não achei que fosse receber uma resposta em tempo real, mas, pelo menos, antes do final do ano, sim!

Mas será que vocês nunca ouvem a secretária eletrônica nessa casa!

Me ligue quando voltar, por favor? Sou um velho homem preocupado!

Beijos,

Ed

Coitado! Agora você entende o que significa ser tomado pela ansiedade, não entende?

TREZE

Caro Ed,

você tem toda razão, sou imperdoável.

O motivo pelo qual não lhe respondi é bastante grave e, para dizer a verdade, embora inicialmente eu nem quisesse te falar a respeito, acho que é honesto da minha parte te contar o que aconteceu.

Não me importa como e se vai me julgar. Agi em um momento de grande confusão e perturbação e arrisquei seriamente minha vida, mas foi uma grande lição que me fez entender o quanto ela é importante e quanto amor há ao meu redor, ainda que não seja demonstrado da maneira como espero.

Você foi embora, os meninos aqui vão partir no final do mês, e eu, por causa do desconforto, me embriaguei e tomei Valium demais, depois fui me sentar à margem do rio.

Deixo para você imaginar o resto.

Fiquei três dias no hospital e, embora agora esteja melhor, sinto que tenho de mudar radicalmente meu comportamento em relação à vida e às pessoas ao meu redor.

Me dou conta de que isso se parece espantosamente com o que aconteceu com a sua mulher, só que, no meu caso, a cavalaria chegou antes. Estou viva por milagre, e era justo que você soubesse.

Peço a você um período de silêncio e de reflexão sem prazos. Estarei por aqui tentando crescer.

Até mais,
M.

Após algumas horas, enquanto estou concentrada na escrita, toca o telefone.

É Edgar.

— Alô? Mas o que você foi fazer? Enlouqueceu? Queria se matar? Não imaginava que fosse capaz dessas atitudes de adolescente...

Deixo que ele desabafe um pouco. Parece até que estou ouvindo Mark. Depois, a certa altura, o interrompo.

— Ed, agora chega! Já tenho "vozes interiores" suficientes para me chamar de imbecil. Não preciso da sua. Te pedi de propósito um período de silêncio porque não estou conseguindo suportar nenhum tipo de pressão, e agora me desculpe, mas estou trabalhando. — E desligo.

Com sentimento de culpa ou não, ele não tem o direito de me passar sermão.

O telefone toca novamente algumas vezes, mas não atendo.

Justamente quando você precisaria de afeto...

Ele deixa uma mensagem que diz: "Me perdoe, sou um babaca; não queria te atacar assim... mas... tente entender... me ligue."

Assim você não está me ajudando, Ed.

A vontade de me enfiar debaixo das cobertas e de mandar tudo à merda é enorme, mas quero sair dessa e, embora a situação seja realmente difícil, quero superá-la.

Vou acabar o livro e mandá-lo para ele por e-mail, como combinamos, sem fazer referência a nada além.

Toca mais uma vez o telefone. Será que é ele de novo?

Atendo.

É Sam. Não o ouvia há um tempão.

Me diz que tem um grande favor a me pedir.

Vai fazer um cruzeiro por alguns dias com Judith, que ainda não se recuperou da morte de Helen. Está muito preocupado; espera que mudar de ares lhe faça bem.

Me pede para ficar com o cachorro.

Fico muito feliz. Sempre quis um cachorro e, neste momento, é fundamental que eu me ocupe de alguém.

Na mesma tarde, eis que Sam chega com o pequeno Help.

Sam está com uma cara horrível, emagreceu, está pálido, parece que não dorme há uma semana. Me diz que Judith ficou muito mal com a morte da mãe e que agora não fazem outra coisa a não ser brigar. Espera distraí-la com umas férias.

Duas semanas de cruzeiro nos mares do Sul.

Não teria lugar para mim?

Quando Sam vai embora, Help fica um pouco desconcertado. Está triste, coitadinho; sente-se abandonado. Como o entendo!

Levo-o para dentro de casa e logo lhe dou o que comer, mas ele fica em um canto perto da porta, com seus grandes olhos brilhantes. Então me sento a seu lado e ponho seu focinho entre as mãos.

— Não tenha medo, pequeno, vão voltar logo. Vamos ficar bem juntos, você vai ver. Vamos dar uma voltinha, hein?

E, após alguns minutos de incerteza e muitos carinhos, me segue.

Me faz lembrar o filme *28 dias*, com Sandra Bullock, quando, ao final do período de desintoxicação, à pergunta: "Quando vou ser capaz de amar alguém?", o psicanalista responde: "Quando você souber cuidar de uma planta e de um filhote."

Não pensei que fosse tão trabalhoso guiar um cão com a coleira. Ele não me segue de maneira nenhuma.

Por que está sempre mijando em todos os postes, em todas as árvores e em todos os semáforos e puxa como se quisesse arar um campo? Depois, com esse nome imbecil, quando o chamo, todos se viram para mim.

Não me faz rir nem um pouco.

Santo Deus, estou sem fôlego! Mas quando voltam os seus donos?

Vamos, cachorrinho, comporte-se, deixe o outro cachorro em paz; não está vendo que é um rottweiler, seu idiota?

Mas ele não está nem aí e sai correndo para cheirar o traseiro do outro, que não gosta nem um pouco e logo tenta arrancar sua cabeça!

É o fim. A dona do dragão irritado e eu começamos a chamar os respectivos animais, porém inutilmente.

As coleiras se enroscam, os cães ladram e nós gritamos como possessas. A única esperança é soltá-lo, mas assim que o faço, ele começa a correr de medo. E eu atrás!

Deus do céu, que dia! E ainda faltam duas semanas!

Me mandem de volta ao hospital, para junto da Izumi!

Procuro-o por duas horas, mas, ao final, perco as esperanças e me sento desesperada na calçada, pensando no que vou falar para seus donos.

Eis que o fujão volta com as orelhas baixas e o rabo entre as pernas. Parece sinceramente arrependido. Senta-se e me dá a pata.

— Tudo bem, Help — digo — Amigos!

* * *

Desde que Help está comigo, minha vida melhorou muito.

O fato de ser responsável por alguém, de ter de levá-lo para passear, dar-lhe comida e brincar com ele me distrai muito de mim mesma e dos meus pensamentos.

À noite, enquanto escrevo no computador, ele fica deitado no chão, ao lado da minha cadeira. Depois, quando é hora de ir dormir, tomamos leite quente e o faço subir na cama comigo. Sei que não deveria fazer isso, mas faz muito tempo que não durmo com alguém.

Ainda não liguei para Ed porque não me deu vontade.

Continuo a lhe mandar por e-mail as páginas escritas; ele as devolve revisadas e, ao final, sempre escreve algumas linhas para saber como estou.

Respondo-lhe de modo sempre muito educado, mas distante; não quero que me trate como uma pobre doente dos nervos... essa era a sua mulher, e não quero que se sinta no dever de se ocupar de mim só por causa do que fiz.

Mark e Sandra quase terminaram os preparativos e estão para ir embora.

Help está muito agitado porque sente cheiro de mudança, e temo que todas essas emoções acabem por fazê-lo sofrer um belo esgotamento nervoso.

Vai se saber se existem cães alcoólatras.

Nossos passeios estão melhorando. Help obedece um pouco mais. Gostaria de ir correr com ele no Central Park, mas sei que seria uma tragédia. Já o imagino parando para correr atrás dos pombos.

Que pena! Seria tão nova-iorquino!

Perguntei às tias se posso levá-lo à loja, mas dizem que é contra o regulamento — que foram elas a estabelecer —, e, portanto, terei de deixá-lo em casa nos próximos dias. Tenho medo de que se sinta sozinho.

Será que está nascendo em mim uma migalha de instinto materno?

Quando saio do trabalho, vou correndo para casa para passear com ele, e ele me faz muita festa. Que diferença em relação a um homem. Isso sim é que é satisfação.

Compro-lhe as melhores rações, levo-o para tomar banho e, quando sai todo perfumado, fico muito orgulhosa dele.

Mark zomba de mim, me chamando de "mamãe". Olha quem fala!

Até deixou o homem da sua vida para seguir sua filhinha.

As formas de amor são infinitas; basta escolher a que nos deixa mais felizes.

Eis que chega o fatídico dia: os meninos estão indo embora.

Imaginei esta cena dezenas de vezes, mas, meu Deus, como é triste.

Mark coloca do lado de fora a última mala e dá uma rápida olhada ao redor para ver se não esqueceu alguma coisa, depois vem em minha direção.

Nos abraçamos com força e choramos. Depois, ele olha para mim e diz:

— Como vou fazer sem a minha menina?

— Promete que será um bom pai?

Em seguida, Sandra me abraça, e chega o momento mais difícil em absoluto.

Engordou tanto que temos dificuldade para nos abraçar, e começamos a rir.

— Foi tão bom te conhecer! — diz Sandra.

— Pois é, mas é tão difícil te deixar ir embora... Vou sentir sua falta.

— Suas cartas estão ótimas, abri hoje de manhã. Vai dar tudo certo. E você sabe que nunca é por acaso o que acontece na vida; portanto, se nos conhecemos, algum motivo existe, e vamos descobri-lo juntas.

— Promete?

— Brometo, minha beguena.

Nos abraçamos os três e, entre lágrimas, Sandra começa a cantar nossa canção: *Time after time*.

Este é mesmo um adeus.

A porta se fecha. Foram mesmo embora.

De repente, a casa caiu no silêncio, e o silêncio sabe ser ensurdecedor.

Help me olha confuso, com seus grandes olhos escuros.

— Ficamos sozinhos, meu velho, e daqui a pouco nós dois também vamos nos separar. Mas não é para ficarmos tristes; faz parte da vida, ainda que, para mim, seja uma constante que realmente se repete com muita frequência. As pessoas se encontram, se conhecem, se separam e voltam a se encontrar. A vida é assim. É impossível tentar deter as coisas. É preciso agarrar tudo o que vem e aceitá-lo tal como é, entende?

Ai, meu Deus, estou falando com um cachorro!

CATORZE

Caro Ed,

faz um tempinho que não dou notícias e o fiz voluntariamente.

Agora chegou o momento de eu te dizer com a máxima sinceridade como estão as coisas.

Quando você foi embora, fiquei realmente muito mal. Não tinha me dado conta de que estava tão apaixonada e, quando você não estava mais ao meu lado, senti um vazio enorme.

Não quis dizer isso antes a você e fiz bem, porque a decepção foi realmente grande.

Primeiro você se veste de anjo da guarda, irmão mais velho, pai, amigo, namorado perfeito e homem dos sonhos e, depois de ter virado minha vida de cabeça para baixo — e de ter me levado para a cama —, o que você faz? Recicla o clássico discursinho da alergia às relações sérias que, em comparação com minha "reação de adolescente" (cito textualmente), não te faz mais honrado.

No começo, pensei em bancar a "superior", aquela que se dá bem com as histórias do tipo "vamos ver", e disse a mim mesma que, se eu tivesse fingido ser uma mulher madura e emancipada, você acabaria ficando comigo. Mas não é isso o que quero e não tenho nenhuma intenção de me esconder atrás de táticas de merda, porque sou uma pessoa séria e quero, aliás, mereço, uma relação séria e, quer você goste ou não, estou apaixonada por você; amo sobretudo os seus defeitos e as suas fraquezas, e se para você isso é demais para suportar, então a nossa relação será exclusivamente profissional e espero que seja realmente breve.

Se, ao contrário, você decidir levantar a bunda da sua apatia, então podemos conversar, e lhe prometo que, da minha parte, tentarei com todas as forças fazer essa relação funcionar.

Como sou uma dama, vou lhe dar tempo para refletir.

Te amo.
M.

Ufa!

Foi mais difícil do que lhe dizer por telefone, mas botar tudo para fora me fez muito bem.

Também levei em conta a ideia de não ouvi-lo nunca mais, mas fiz uma promessa a mim mesma que vou manter.

Se não quero mais aceitar migalhas e sim viver uma história de amor digna deste nome, só eu tenho os meios para fazê-lo.

Não é verdade, Help?

Estou ficando louca...

Tudo bem, admito, é o primeiro dia da minha nova vida, mas ainda não me sinto muito desenvolta. É um pouco como ter acabado de tirar a carteira de motorista.

Considerado o fuso horário, Edgar deveria ter lido a mensagem quando aqui em casa eram cinco da manhã; portanto, agora que são nove horas...

Vamos nos acalmar. Afinal, a essa altura, a bomba já foi acionada; só me resta esperar sua reação.

A velha Monica ficaria plantada em frente do computador esperando novas mensagens, mas, se há uma lição que aprendi, é que você é inteiramente responsável pelas suas ações.

Faço uma coisa que há séculos não faço: ligo para meu pai.

É incrivelmente cordial, me faz uma porção de perguntas, quer saber quando volto para casa, me diz que sente saudade e que todos perguntam de mim.

Conto-lhe a respeito do livro que estou para publicar, omitindo, por respeito, todos os anexos do meu caso com o editor, e ele me diz que não tinha dúvida de que sua menina teria sucesso.

Se soubesse as confusões que aprontei nesses meses, acho que não ficaria tão orgulhoso, mas uma coisa é certa: estou com muita vontade de voltar para casa.

Passo o dia fazendo a faxina de primavera, coisa que sempre detestei, mas que agora me parece muito relaxante, com um pouco de jazz como música de fundo. No final das contas, nem estou me sentindo sozinha.

Help acabou ficando doce como um cordeirinho. Descobri que se lhe digo "rottweiler" ele entra em uma crise de pânico.

À noite, após o passeio, vou verificar o correio eletrônico e constato que Ed não escreveu.

Como era previsível.

Dói terrivelmente, admito. Mas sinto que agi da maneira correta, da única maneira que poderia salvaguardar meus sentimentos. Se ele fugiu, isso quer dizer que não era o homem certo.

Que pena, porque, quando penso em todas as coisas bonitas que fizemos juntos, nos jantares, nas conversas, no casamento, na viagem a Cornish, me dá uma pontada no coração.

Ultimamente, fantasiei tanto como seria viver com ele, dividir as coisas de todos os dias, as bonitas e as feias, cozinhar juntos, fazer viagens, comprar um cachorro — isso é uma obrigação! — e depois, talvez um dia, quem sabe... ter filhos?

No fundo, ele era o homem "que ri das mesmas coisas das quais eu rio", para falar como Salinger.

Se nós, seres humanos, pagamos por nossas más ações, pergunto-me por que razão o Senhor às vezes se esquece de cancelar da minha lista aquelas já pagas e continua a colocá-las na minha conta!

Voltei ao trabalho, logicamente controlada como se estivesse em liberdade condicional.

Não sei se não entenderam direito a dinâmica do "acidente", pois Miss H deve ter me perguntado umas oitocentas vezes por que fui parar no hospital, e lhe dei cerca de dez versões diferentes: icterícia, adenoides, dedo do pé valgo, lepra e escoliose.

Que bom voltar para cá, ou melhor, que bom voltar a viver.

São duas as criaturas nas quais penso sem parar: o cachorro e Ed, o fujão.

O que eles têm em comum? O fato de nenhum dos dois, quando falo com eles, me responder!

Passaram-se três dias e, a essa altura, temo que Ed não dê mais sinal de vida.

O mais embaraçoso é que, embora faltem poucas páginas para o final do romance, de todo modo tenho de continuar a falar com ele, e ele sabe muito bem disso.

Se tem a intenção de fazer alguma sacanagem comigo, do tipo me abandonar no meio do caminho, depois do calhamaço gigantesco que escrevi, então merece mesmo ficar sozinho... com sua mãe.

Acho que não existe condenação pior para um homem.

Volto para casa e descubro, com a alegria de uma mãe de primeira viagem, que o peloso bebê fez cocô na sala toda.

Podia ter feito na cama, mas fez na sala. Que amor!

Mark me deixou a famosa echarpe da Prada, para ser restituída à sua mãe, à qual nem disse que ia partir. Caberá a mim fazê-lo.

Será a última coisa em absoluto que farei, antes de ir embora daqui.

Levo Help ao veterinário porque não anda bem, e o doutor me dá gotas que devo administrar a ele a cada quatro horas. O doutor tentou receitar umas gotas também a mim, já que ando agitada, mas ele não consegue entender como pode ser apreensiva uma mãe italiana.

Acerto o despertador para as quatro da manhã; depois, o sono me abandona para sempre. Ligo a televisão, começo a ler e, infalivelmente, a pensar, e decido ver se chegou alguma mensagem para mim.

Deve ser uma coincidência, mas a mensagem que está piscando diante dos meus olhos com olheiras foi enviada neste mesmo instante e diz:

Quando vem para cá? Ed.

A emoção é tão forte que estou suando frio.

Pego o telefone e ligo para ele. Atende ao primeiro toque — he! he!, então estava esperando!

— Ainda me quer, apesar de tudo? — pergunto.

— Não posso acreditar! É você mesmo? Mas devem ser umas cinco horas aí!

— O poder do amor!

— Então está disposta a vir viver com o homem que te seduziu e abandonou?

— Nunca é uma boa ideia ir atrás de um homem; vou só para fazer o trabalho com que sempre sonhei.

— Que mulher sábia você se tornou! De todo modo, aqui não te faltaria trabalho: são seis quartos para limpar, roupa para lavar, cozinhar...

— Que machista filho da mãe! Não era isso o que imaginava como trabalho.

— Estou brincando! Em vez disso, vou te dizer que um amigo que dirige uma televisão local acha que *O jardim dos ex* poderia se tornar um ótimo talk show, talvez com os ex dos personagens famosos, e você poderia ser a coautora, por exemplo.

— Por acaso isso também é uma brincadeira?

— Não, não, estou falando muito sério!

— Sabe que você sempre consegue me surpreender?

— Sei.

— E sabe que já não estou aguentando de vontade de te ver?

— E você sabe que te amo?

— Não, isso eu não sabia!

— Agora sabe!

— Me surpreendeu de novo!

E, finalmente, eu também vou embora.

Estou aqui, esperando o táxi que vai me levar para o aeroporto e, no pescoço, levo a echarpe que vou devolver no caminho à mãe de Mark.

Ele e Sandra estão muito bem, realmente fizeram a escolha certa ao irem para lá; serão muito felizes.

Sam veio pegar Help, e foi muito difícil me separar dele. Poderia jurar que o vi chorar. Eu chorei.

As tias foram as que mais me surpreenderam porque realmente lamentaram minha partida um tanto repentina.

Estavam pensando em me dar um aumento simbólico de 25 dólares... fiquei tentada a ficar!

Em seguida, me abraçaram e me deram de presente um antigo camafeu, novamente de sua mãe.

Antes de tudo, vou voltar à Itália para rever minha família e, dentro de algumas semanas, parto para Edimburgo, onde finalmente começarei esta nova vida, que já está muito estável na partida.

Não vejo a hora de começar esta aventura.

E, se forem rosas, florescerão.

No final das contas, o balanço é decididamente positivo. Vou sentir sua falta, Nova York.

Chega o táxi.

Levo as malas para fora e dou uma última olhada na casa.

Parece já ter-se passado um século desde que aqui havia um contínuo vaivém de gente.

Nunca vou esquecer.

Fecho a porta.

Toca o telefone!

Merda!

O taxista me faz sinal de que estamos atrasados. mas poderia ser importante. Entro correndo e atendo.

— Alô? Monica? Sou eu, David.

AGRADECIMENTOS

Um agradecimento particular a Franco Cesati, que foi o primeiro a acreditar neste livro; a Raffaello Avanzini, por ter acreditado tanto nele a ponto de publicá-lo; e a Giusi Sorvillo, preciosíssima editora.

Impresso no Brasil pelo
Sistema Cameron da Divisão Gráfica da
DISTRIBUIDORA RECORD DE SERVIÇOS DE IMPRENSA S.A.
Rua Argentina 171 – Rio de Janeiro, RJ – 20921-380 – Tel.: 2585-2000